瀬戸内寂聴
瀬尾まなほ

命の限り、笑って生きたい

光文社

命の限り、笑って生きたい――目次

第三章　「難しい言葉を使わないのは頭がいい証拠です」
～書いて生きたい

特別章 「瀬戸内寂聴が、私の中に眠る才能を開花させてくれました」
〜瀬尾さんが母校で語った寂聴さんとの絆……………… 99

第四章 「お金によって幸せになった人を見たことがありません」～愛して生きたい

第五章　「いまが生涯でいちばん楽しいとき」

今日の私と、明日のまなほ

カバーデザイン――土屋正人
カバー写真――加治屋誠
写真――鈴木鍵一・永田理恵
プライベート写真――瀬尾まなほ
構成――黒木純一郎

第一章

「悪口を言われるのは才能があるからです」

～強い心で生きたい

2017年11月に初エッセイを出版した
秘書・瀬尾まなほさん。
テレビ出演の依頼も相次ぐいっぽうで、
批判を浴びることにもなりました。
落ち込む彼女に、
寂聴さんがかけた言葉とは――。

本書の対談は京都・寂庵で行われた

「『おデコ嚙《か》んで死にたい』って何ですか？」

瀬戸内寂聴（以下、寂聴）　エッセイの『おちゃめに100歳！　寂聴さん』（'17年11月、光文社刊）が売れるようになってから、まなほはテレビ番組だけでなく、1人でトークイベントに出たりして、とても忙しくなったわね。

瀬尾まなほ（以下、まなほ）　横浜ベイホテル東急でも、トークショーをやらせていただいたんです。

寂聴　そうだったわね。チケットはいくらだったっけ？

まなほ　1万3千円でした。

寂聴　えっ！　1万3千円⁉　そんなに払ってあなたを見に来たの？

まなほ　ランチもついていましたからね。私が選んだスイーツをコース仕立てにしたのですが、お客さんたちも喜んでくれていました。元TBSアナウンサーの安東弘樹さんの進行のおかげですごく楽しかったです。

寂聴　売れっ子なのはいいことですけど、秘書なのに寂庵にはほとんどいない。

でも、そう言うとあなたは怒るでしょ（笑）。

まなほ　（スケジュール帳を開いて）見てください！　《出勤、出勤、休み、出勤、出勤、出勤、休み……》、週に2日だけですよ、お休みは。でも先生にいくらそう言っても、そのときだけ急に、何かあっちのほうを向いているんですよ。「先生、ちゃんと聞いて！」と言っても、何かそのときだけ、急に耳が聞こえなくなっちゃって……（笑）。

寂聴　ほかのスタッフが休んでも、別にそんなに感じないのに、まなほがいないと、本当にいないっていう感じがするんですよ。

まなほ　先生は私がいないと寂しいのかな。だったらうれしいのですけど。

寂聴　そんなんじゃなくて、それだけあなたがやっぱり私の役に立っているんでしょうね。

まなほ　本当は、うるさい私がいないから寂庵が静かなので、そんなふうに感じるのではないですか？

寂聴　いや、そんな感じでもないの。あなたが寂庵にいるからって別に特別なことをしてもらってないのよ、ふつうのことをしているだけ。でも、まなほが近くにいると、どこか安心できるのね。

まなほ　何十年も寂庵に来ているベテランの記者の人から「瀬尾さんが寂庵にいないと先生のご機嫌が悪くなるので困るんですよ。瀬戸内先生との関係は、なんだか恋人のような、そんなアヤしい関係なんですか？」と言われて驚きました。

寂聴　あはは。その人、見る目がないね。そんな関係とはちょっと違う。私にはレズビアンのお友達もいますけど、私にはその気はないのよ。

まなほ　先生が私に意地悪を言うと私が本気になって怒るから、先生はそれが面白くて、ストレス発散にもなっているんですよ。

もし、ほかのスタッフに同じことを言ったら、本当に泣いちゃいそうじゃないですか。ですから私に言いたいことを言って、私が「何くそ！」ってやり返して、それでケンカになる。

昨日も私と「たくさん休んでる」「いいえ休んでいません」って本気でケンカになって……。最後には、先生をこうやって抱きあげて。覚えている？　先生、私が先生のウエストを持って、ギュッとやったのを。

寂聴　そうそう。

まなほ　そしてそのまま持ち上げたんですけど、その重いこと！　先生、体重何キロあるんですか？

寂聴　内緒！（笑）　私、だんだん小さくなって、いまは身長145センチしかないのになぜか体重は増えている。

まなほ　何キロか私、知ってますよ。

寂聴　イーッ！（笑）　私は1日2食しか食べないのに、どうしてかしらねぇ。お菓子だってそんなに……。

まなほ　食べているでしょう！　私たちのお菓子、たくさんあったのに、ずいぶん早くなくなっちゃったなといつも思っていたんです。そうしたら、先生の部屋のゴミ箱にお菓子の袋がいっぱい入っていて。

寂聴　（チョロッと舌を出して）バレてたのね（笑）。

まなほ　思えば先生と私、仲直りはしないんですよね。いつもケンカしているんですけど、いつの間にか、いまみたいにふつうに話しているから、仲直りのために「ごめんなさい、ごめんなさい」とか言うことがないんですよね。

寂聴　そういえば、あなたに謝られたこと一度もない。

まなほ　ありますよ!!　何度も。でも私がハグしたり、さわったりするのは、嫌いじゃないでしょう?

寂聴　いや、もう子猫か子犬がじゃれついてくるみたいで、そのうち噛《か》まれるんじゃないかと(笑)。

まなほ　(笑いながら)噛みつかない。噛みつかない!　そういえば先生はよく「おデコ噛んで死にたい」って言うじゃないですか。でも自分で自分のおデコは噛めません。だから私が「じゃあ、先生のおデコを噛んであげる」と言うと、「痛いから嫌だ」って言いますよね(笑)。

あれって、先生が考えた言葉ですか?

寂聴　うん。誰かから聞いたような気もするんだけど、どうせ死ねないけれど死にたいって言いたいとき、「おデコ噛んで死にたい!」っていうふうに使うの。

「都合の悪いことは聞こえない、覚えない」

まなほ ところで先生、今日はお耳の調子はいかがですか？

寂聴 いまは補聴器をしているから、あなたの声もよく聞こえています。

まなほ さっきのゴミ箱の話で思い出したのですが、この前、先生がないないって言っていた補聴器が、なぜかゴミ箱に入っていたことがありましたよね。

紙くずとかに交じって、キラッと光るものが見えたので、のぞいてみたら小指の爪の先ぐらいの大きさの補聴器が捨てられていて……。すごく高いんですよ！ 先生の補聴器。

寂聴 ゴミ箱に入れた覚えがないのよ。

まなほ 先生に限らず、人って無意識に何かをどこかに入れたりするじゃないですか。でも先生がなくしたものを捜すのは、いつも私の役目なんですよね。先生は毎回、「絶対そんなとこに入れるわけない！」って言うけれど、もう毎度のことですから、先生より私のほうがわかってるんです。私が「ここかな？」と思ったところにちゃんと入っているんです。

寂聴 あははは。

まなほ 先生はときどき変なところに入れるんですよ。補聴器もゴミ箱に捨てられていたから本当に驚きました。気がついて本当によかったですよ。

寂聴　たまたま、そこに飛び込んだとか。

まなほ　たまたま入ったりしませんよ（笑）。

寂聴　……。

まなほ　都合の悪いことは聞こえなくなっちゃう。

寂聴　そうなの、都合の悪いことは聞こえない、覚えない（笑）。

サイン会へ下着を持ってきた男性も

寂聴　あなたにはいつも笑わされっぱなしだけど、いきなり驚かされることも多いわね。

私が寝ているベッドの横にある鏡に向かって一生懸命にスクワットをやるのだもの。お尻をこうして後ろに突き出して、こんな格好するんですよ。びっくりするでしょう？　私の目の前でよ。それで、「ああ、やはりこのコは変わっているな」と、思ったわね。

だって、そんな格好はふつう人のいないところでするでしょう。

まなほ 先生の部屋にちょうどいい大きさの鏡があったもので。あと……、寂庵は広いですけれども、あえて先生の目の前で運動をすることにしていたんです。

寂聴 何で？

まなほ それは先生が私のお尻をたたいたりして、面白がるからです。あのころの私は、ベテランのスタッフの間で何をしたらいいのか迷っていたし、先生が笑ってくれるなら何でもする気持ちでいましたから。

寂聴 ほかにも朝やってきて、パーッとスカートを上げて「これ、かわいいでしょ？ ほら！」って、パンツを見せたことにもびっくりしたわね。

まなほ ですから、それは昔の話です！

寂聴 それで「今度、先生にもかわいいのを買ってあげますね」って（笑）。

まなほ 先生が法話の会や講演でしょっちゅうその話をするおかげで、私、知らない人に「パンツ見せろ」とか言われたりするんですよ！

京都の大垣書店でのサイン会では、実際にパンツをいただいたんですよ、50代後半くらいの男の人から。帰って箱を開けてみたらびっくりした！

寂聴　え〜⁉

まなほ　周りの人は「気持ち悪いから、そんなの捨てなよ」って言ってたけど、ちゃんとプレゼント用の包装をしてありましたし、新品だしと思って、いちおう洗濯してからはきました（笑）。

寂聴　そういえば法話にも若い人が来るようになったね。まなほ効果かしら。

まなほ　寂庵に来ている記者の方も、最近は法話にも写経にもけっこう若い人が増えているって言ってましたよ。

寂聴　それで写経のときなんか、若い男性が「瀬尾さんに会えるかと思って来たのに、東京へ行っていて残念です」なんて、言うのね。

まなほ　先生にこれ以上、パンツの話をされると、何だか私がそんな趣味の持ち主みたいな変なイメージになっちゃいます。

寂聴　じゃあ、これからはその話はNGにしましょう。

まなほ　はい、パンツの話はNGで（笑）。

寂聴　プレゼントは、ほかにどんなものをもらうの？

まなほ　お菓子やお手紙とかもいただきました。女性からがほとんどです。

そごう横浜店で展示会「瀬戸内寂聴〜言葉でたどる95年〜」が開催されたときに、私もトークショーをやらせていただいたんです。会場に入ったときは、年配の女性がほとんどかなと感じたんですけど、落ち着いてよく見たら、真ん前に若い女のコたちもいてくれてうれしかったですね。

10代がいるかと思えば、「私も同じ30歳なんです」っておっしゃってくださる方もいたり、あと「娘がまなほさんと同い年なんですよね」というお母さん世代もいたりと、本当にさまざまな年代の方たちが来てくださいました。

寂聴　よかったねえ。でもなかなか名前を覚えてもらえないのは、「まなほ」って名前が変だから？

まなほ　変じゃない！（笑）

寂聴　だってちゃんと「まなほ」と言ってくれないじゃないの、みんな。

まなほ　最近はいろいろな依頼をいただくのですけど、依頼文の頭に「まほみ様」とか（笑）。

寂聴　あはは。全然違うじゃない。

まなほ　「まなみ様」もありますね。瀬戸内寂聴の秘書だからか、瀬尾が「瀬戸」

になったりとか。で、「瀬戸まほみ様」。

「悪口も言われない人はかわいそうです」

寂聴　名前が世間に知られるのは大事なことですけど、有名になることによって、嫌なことだって必ずあるのよ。特にテレビに出始めてからはいろいろな誹謗《ひぼう》中傷も受けるようになったでしょう。たとえば……「コバンザメ」とか？

まなほ　そうそう。「瀬戸内寂聴のコバンザメ」（笑）。

寂聴　インターネットでは「瀬戸内寂聴の遺産を狙っている」とか、書かれていたみたいよ。

まなほ　「遺産目当て」って……。本当にそのつもりだったら先生にもっと優しくしますよ。もっとご機嫌とったりして（笑）。

最初は「ネットにまなほのことが書かれてるよ」って友達に教えられて見たんです。もちろんうれしいこともたくさん書いてあったんですけど、「あの顔、嫌い」から始まって、いろいろな誹謗中傷もあって怖いし、見るたびに落ち込むようになったんです。

寂聴　私も悪口はいっぱい書かれていますよ。それがいくら事実無根でも、読むと腹が立つ。ですから、読まないのがいちばんいい。

まなほ　はい。どんなに嫌なことが書かれていても、見なければいいんですから、いまはまったくエゴサーチ（※自分の名前をネットで検索して、評判や評価を調べること）をしていません。

寂聴　面と向かって言われたりしたことはないの？

まなほ　1回ありましたね。寂庵に、公衆電話から法話の会の問い合わせがあったのですけど、途中で「あなた、テレビに出ていた秘書？」と、聞かれて。「あなたね、もういい加減にしなよ。秘書は黒子《くろこ》に徹しなきゃいけないんだから。わかってんの！」って。それで、やっと自分が悪口を言われていることに気がついたんです。

寂聴　あはは。まなほらしいねえ。相手は女だった？　男だった？

まなほ　おじいさんでした。話をずっと聞いているうちに腹が立ってきて、電話を切ったんですよ。すぐまたかかってくるのかなと怖かったんですけど、その後はかかってきませんでした。ですけど、初めて直接生の声で言われましたから、結構ショックだったんです。

寂聴　おじいさんって、割とそういうことを言いたがるの。『寂庵だより』（※寂聴さんが発行していた会報で、'18年9月に休止）への投稿でも、おじいさんのほうが過激に書いてくる。

《天下の寂聴さんに対して、秘書が無礼だ！》

《スタッフはもっと寂聴さんを大切にしなさい》

とかね。

まなほ　先生のお知り合いの中にも、私のことを面白く思っていらっしゃらない方がいると思います。じかにそういう意味のことを言われたこともありました。

寂聴　私とまなほが対等というか、友達のように仲よく話しているからね、それがうらやましいのかもしれませんね。

若いあなたにちょっと嫉妬心を抱いただけだから、さらっと聞き流して、いつもの笑顔でいなさい。

まなほ　先生がいつもそういうふうに慰めてくれるので、気持ちが落ち着きます。

以前は、「バッシングされたら嫌だな。どうしよう、どうしよう」とか、「こうやって名前が知れ渡るの、怖いな」とか、そういうことを言ってすごくウジウジしていましたよね。

そうしたら先生が、「そんなことをいちいち気にしなくていいし、悪口を言う人があなたの給料払って生活を見てくれるわけじゃない。そんなこと言わせておけばいいんだから」と、何度も言ってくださって、確かにそうだと思いました。

そして、「私のことを傷つけられるのは、私が好きな人だけなんだ。そうじゃない人たちの言うことに私が傷つく必要はないし、そんな無駄なことはない」と、気がついたんです。

私のことをよく知らないで勝手なことを言う人の言葉にいちいち傷つくなんて、自分こそアホみたいだなと思えたんですよ。

寂聴　ふふふ。ずいぶん成長したのね。

まなほ　そうやってちゃかすのも、先生の悪い癖です（笑）。

あと、「悪口も言われない人はかわいそう。才能があるから悪口を言われるんですよ」と、言ってくださったおかげで、私の気持ちもずいぶん救われました。

寂聴　寂庵に来て8年にして、やっとまなほも悪口を言われたり、嫉妬されたりするような人間になったということね。めでたし、めでたし（爆笑）。

でも、寂庵にやってくる女性たちの間でも、あなたの贔屓《ひいき》は増えているのよ。東京のトークショーへも応援に駆けつけて、後で私に「まなほさん、もう、とても上手にやりました。お客さんもたくさん来ていました」とか報告してくれるの。あなたのことを自分の娘か孫みたいに思っている人もいるのよ。

まなほ　そうなんですか！　悪口を気にしないだけではなく、そういった方たちへの感謝も忘れないようにします。

寂聴　まなほの人柄のおかげかしら？　不思議ねぇ。

まなほ　ふふふ。

「まなほは、ずうずうしいから、明石家さんまさん相手でも平気」

寂聴　寂庵には作家の林真理子さんとか、俳優の渡辺謙さんとかも訪ねて来てくださるから、まなほは有名人慣れしているのかしら。

テレビ番組に出演するときも、いつもどおりのまなほで、とっても自然体なのには感心します。

まなほ　うーん、何かやっぱりそのときになると、ちょっとこうスイッチが入るんでしょうか。皆さん、落ち着いていると言ってくださるのですが、実はああ見えて、毎回すごく緊張して汗をかいたりしているんです。

本番前はトイレに何回も行きたくなるし、収録後は「はぁ〜、やっと終わった」と、安心します。

寂聴　明石家さんまさんの番組（※日本テレビ系『明石家さんまの転職DE天職』）に、私の代わりに出てもらったときも、あの饒舌《じょうぜつ》なさんまさんと、ちゃんとアドリブで掛け合いしていたじゃない。

さんま　最近では（瀬戸内先生から）どんなことを学んだの？

まなほ　お酒の味とか。

さんま　……そんなことじゃなくて、胸に響いたこととか。

まなほ　ああ、胃に響いたではなく？

さんま　そんなネタいりません！

まなほ　あのときだって不安だったんですよ。でも先生がさんまさんへ《お互いいまより老けないように》と書いた色紙を送っておいてくれましたし、ビデオメッセージで《さんまさんも若いカワイイ女のコと結婚したら》とアドバイスしたりして、スタジオもすごく和んでいたので助かりました。

寂聴　ふふふ……。『ゴロウ・デラックス』（TBS系）のときだって、イケメンの稲垣吾郎さんがタジタジでしたよ。

まなほはだいたいがずうずうしいから、さんまさんのような有名人が相手でも平気なのね（笑）。

まなほ　もう～、言わせておきます！

先生のことですから、あとで優しくフォローしてくれますよね（笑）。

寂聴　あなたも、もう15本以上テレビに出たけれども、これまではテレビを見る立場だったのが、いまは出演したり取材される立場になって「考えていたのと違うなあ」と思ったりしたことってあるでしょう？

まなほ 私がすごく実感したのは、偉い方ほど偉ぶったりせず、優しくて気さくだということです。

寂庵にいらした渡辺謙さんとか、『徹子の部屋』（テレビ朝日系）の収録でお会いした黒柳徹子さんもそうですけど、すごい方ほど優しい。先生との対談現場で初めてお目にかかった女優の吉永小百合さんも本当にそうなんですよね。

寂聴 黒柳さんは、本当に優しかったね。

まなほ はい。私なんかがこんなに優しくされていいのかなあ、と思いました。

寂聴 その「私なんか」はもうやめなさいね。デビュー作がベストセラーになって、いまはもう〝瀬尾まなほ〟として世間に認知されているのですから。

そういえば、まなほが秘書になって1年くらいのとき、帝国ホテルに泊まっている私の携帯に共産党の不破哲三《ふわてつぞう》さん（※前日本共産党中央委員会議長、元衆議院議員）が電話をかけてきて、「お会いしたい。ちょっと本部へ来てほしい」って、車で迎えに来てくれたのを覚えているでしょう？

まなほ　はい。よく覚えています。

寂聴　それでまなほと一緒に本部に行ったら、よくテレビでお見かけする共産党の偉い人たちが広い部屋にズラーッと居並んでいて、さすがのまなほも相当緊張していたわね。

まなほ　緊張したというか、行った瞬間からすごくたくさん撮影されたので、私が「私たちの写真をこんなに撮影して、何に使うのでしょうか？」って囁《ささや》いたんですよね。

寂聴　あははは。まなほも、いまよりずっとかわいらしかったから、カメラマンも撮りがいがあったんじゃない（笑）。

それまで不破さんご夫婦とはそんなに親しくなかったんだけど、あれ以来とても親しくなりました。

本当にいいご夫婦で、昨日、お2人から来たお手紙に、《まなほさん、お元気そうでとてもよかったです》と、書いてありました。ちゃんとあなたの出ている番組を見てくださったり、あなたの本も読んでくださっているみたいよ。

まなほ　そうだったのですか。うれしい！

寂聴　あのころのまなほは、特別かわいかったものね。

まなほ　さっきから何で過去形なんですか（笑）。

もうこの8年間は夢のようで、先生と一緒にいると政治家の方に限らず、作家、芸術家、俳優さんとかいろんな世界の思わぬ方々にお会いできました。芸術家だったらグラフィックデザイナーの横尾忠則さん、写真家の篠山紀信さん、荒木経惟《のぶよし》さん、藤原新也さんとか……。

寂聴　藤原さんはいつもインドカレーのおいしいものを持ってきてくれる。それで寂庵のみんなと一緒に食べるのがお好きらしいのね。

まなほ　長野に藤原さんのお気に入りのカレー屋さんがあって、そこから宅配便で届けてくださるんです。

寂聴　レトルトですけれど藤原さん、「あれを用意して、これを用意して！」と、細かく言うの。彼なりのこだわりがあるのね。

「以前より、ゆっくり話すようになりました」

まなほ　あと、自分自身のことを言いますと、テレビに出演させていただいたことで、思っていた以上に自分が早口というのがわかりました。

私の出ていた番組を見てくれた友達や家族に「どう思う？」と聞いたら、「もっとゆっくりしゃべったほうがいい」とか「もうちょっと笑顔のほうがいいよ」とか、いろいろアドバイスしてくれたんです。

私はすごく早口なので、どうしてもバババーッとしゃべっちゃう。だからせわしない人に見えてしまうと。それで意識して話し方を変えるようにしましたから、以前よりいまのほうが、ゆっくり話すようになっています。

寂聴　まなほはとっても順応性が高いから、もうテレビ慣れしているわよ。

私もこれまでたくさんテレビに出させていただきましたけれども、最初のころはカメラのほうを見たらいいのか、話している相手を見たらいいのか、どちらを向けばいいのかもわからなかった。でも、まなほにそんな様子は全然ない。

まなほ　まるで私が、無神経みたいじゃないですか（笑）。

たしかにテレビ局のスタジオの雰囲気とかは少し慣れましたけど、「寂聴さんの秘書に24時間密着」みたいなものは、何度やっても苦手ですね。

寂庵にテレビクルーが来ての撮影となると、先生やほかのスタッフのみんなも巻き込むので、すごく迷惑をかけてしまうのです。

みんな嫌がらないでとても協力してくれて、それで番組ができるのですけど、けっこう迷惑をかけてるなあ、と思います。むしろプライベートを撮っていただくほうが、私的には気が楽ですね

寂聴　７ＬＤＫもある寂庵を、毎朝まなほが１人で掃除しているみたいな映像になるわよね。片手に携帯電話を持って仕事の打ち合わせをしながら、片手で掃除機をブンブンかけて（爆笑）。

まなほ　私の仕事ぶりを、視聴者の方に伝えるための映像ですから、演出上は仕方がないというのも理解できるんです。

でも先生の食事を用意したり、寂庵の掃除をしたりするのも全部私１人でやっているように見えるので、「本当はみんなで分担してやっているのになぁ」と、思ったりもします。

スタッフみんなのがんばりもあって寂庵が成り立っているのに、そのことが伝わっていないというか……。

寂聴　ふふふ。だから、ほかのスタッフたちが怒っている（笑）。

まなほ　先生も密着番組が2本くらい放映されたころから、「本当は寂庵のお掃除はほかの人ばかりがやっていて、まなほは何もしていないのよ」とか、おっしゃるようになって。「何もしていない」は、あんまりじゃないですか！　けっこう傷ついています。

寂聴　そうね、「何もしていない」は冗談のつもりなんだけど（笑）。それにしても、ほかのスタッフたちから妬まれてもおかしくないのにね。まなほの人柄かしら？　つくづく不思議ねぇ。

まなほ　思うことはいろいろあると思いますが、応援してもらって感謝しています。

96歳になったいまも執筆活動を続けている寂聴さん。

その元気の秘訣は、旺盛な食欲や好奇心、そしてユニークなストレス解消法にあるようです。

第二章
「いろいろな人と会って話せば若返ります」
～笑って生きたい

2018年1月、帝国ホテルで出版記念パーティ

元気の秘訣その①「毎日お肉をちょっとずつ食べる」

まなほ　先生、覚えていますか？　この本のテーマの１つが健康に長生きをする秘訣《ひけつ》なんですよ。

寂聴　よく聞かれるけど、私に健康の秘訣なんてないのにね（笑）。食べて寝て、食べて寝てをくり返しているだけ（笑）。

まなほ　そう、食っちゃ寝、食っちゃ寝。その姿を見て私が詠んだ俳句が、

《疑わず　何でも食べる　老婆かな》

本当に先生は、何でも食べますよね。

寂聴　あはは、俳句なのに季語がないじゃない。

まなほ　先生の食欲は一年中衰えないから、季語は必要ないんです。

何でも食べるとはいっても、先生が毎日お肉をいただくというのは、いまや伝説化していますから、どこのテレビ局も先生がお肉を食べているシーンを撮影したがりますよね。何度も、先生と私がすき焼きやステーキを食べている場

面を撮影しました。
　そして、すき焼きのときは必ず先生に叱られるんです。「もっとお肉を出しなさい。ケチ！」って（笑）。

寂聴　お肉を毎日食べると頭がよくなります。原稿もよく書けると、小説家の里《さと》見弴《みとん》先生（※'83年、94歳没）に教えていただいたのを、出家してからもずっと守っているのよ。

まなほ　はい。いつもそう伺っていますけど、毎日すき焼きというわけにもいきませんから、たとえば薄切り肉2枚ぐらいを焼いたり、50グラムぐらいの小さなステーキを焼いたり、豚のしょうが焼きにしたりと、毎日お肉料理を食べていただけるようにしています。
　テレビで見るとすごい量を食べているように思われますが、そんなことはなく、毎日少しずつです。

寂聴　努力してくれているのね。このごろ、あなたのすき焼き上手よ。

まなほ　そんなことおっしゃるなんて珍しいですね！　大抵は「辛い！」とか「甘すぎる」とか言われるのに。

寂聴　まなほはタイ料理のグリーンカレーとかカオマンガイとか、若者フードが好きなのね。私、そんなアヤしいものを食べたことないでしょう（笑）。でも、あなたに言わせると「私が来てから寂庵の食卓が革命的に変わった」って。

まなほ　先生はいつも「青春は恋と革命だ！」とおっしゃっているじゃないですか。

若者フードを食べることは「舌の革命」なんですよ。ね、先生（笑）。

寂聴　あら、気が利いたことを（笑）。

まなほ　舌で若い人の生活を知って、先生はますます若返っていくように見えるんです。これまで先生の朝食は基本的に和食でした。ごはんにお味噌汁、納豆、卵焼き、のりなどが少しずつズラーッと並んで、まるで老舗旅館の朝ごはんみたいでしたよね。

寂聴　昔ながらの朝食は体にいいからね。何十年も続いていた寂庵の伝統的な朝ごはんを、あなたが壊したのよ。

まなほ　壊したんじゃない！　革命です（笑）。「グランマーブル」（※京都発祥のデニッシュパン専門店）のデニッシュパンを出してみたら、先生、「おいしい！」

って、頻張っていたじゃないですか。

寂聴 でもあなたが焼いたトーストをひっくり返してみると裏側がかならず焦げている、トースターに入れすぎて（笑）。でも、まなほはそれしか作れないから仕方がないね。簡単なものが得意なのよ。

まなほ カオマンガイはけっこう手がかかるんですよ。外で食べておいしいと思ったのでネットでレシピを調べて、先生のために作ったのに……。

寂聴 私においしいものを食べさせようというんでなくてね、まなほが私で試してみるんでしょう？（笑）私がおいしいと言ったら、自分が食べる。私は試食係なのかしらね。

まなほ そんな、人聞きの悪いこと言わないでください（笑）。私は自分が食べておいしいと思ったものは、やっぱり先生にも食べてもらいたいんです。世の中には先生の知らない食べ物がいっぱいあるわけじゃないですか。それが先生にとっておいしいかおいしくないかわからないけれども、こんなものもあるんだというのを、ちょっと挑戦してみてほしいなと思って。

でも先生に言われて料理学校にちゃんと通っていますから、天ぷらを揚げたこともありますし、ビーフカレーやチキン南蛮も作ったことありますよ。

寂聴　ふーん、そうだっけ。

「料理がまずいときには黙っている」

まなほ　えっ、先生覚えてないんですか？　チキン南蛮は鶏肉を揚げて、そこにタルタルソースをかけた宮崎県発祥の料理です。甘酢のたれにつけるんです。結構バリエーションは考えていて、小麦粉から煎《い》って、一味工夫したカレーを作ったこともありますよね。

寂聴　私に食べさせてあげたいと思っているのがわかるからね、あなたが作ったものは、もう、何が出ても全部食べますよ。そして、おいしいなと思ったら、「おいしかった」って言いますよ。

まなほ　5回に1回くらいしか言ってくれないじゃないですか。

寂聴　毎回おいしくはないからね（笑）。

苦心しているのがわかるから「まずい」とは言わないでしょう。黙っているだけじゃない。

まなほ　黙っているときはおいしくない？

寂聴　うん、ダメ（笑）。でも、まずいとは言わないようにしているのね。

まなほ　いや、陰で言ってますよね？　「昨日のまなほが作ったごはん、まずかった」とか（笑）。

先生は、味が薄いものじゃなくてキムチ鍋とか、濃い味付けのものがお好きでしょう。私は先生の健康を考えて薄味にしているのに、「味が薄い、下手ね」って叱られる。

寂聴　あはは。まなほとは〝エビ紛争〟もやってるわね。まなほはエビが好きだから。エビ料理が出たらまなほに回してあげてるでしょう。

まなほ　最近はめったにくれませんよ。

この前も天丼を食べたときに、２匹エビがあったので、「先生、１匹ください」って言ったんですけど、先生はまず１匹を先にご自分で食べたんですよ。それで私が「１匹残っているのをください」って言っても、イカしかくれなくて……。

本当は先生もエビが好きだったんですね。

寂聴　エビは好きよ。嫌いなんて言ったことないじゃない。

まなほ　でも「好き」って聞いたことありませんでした。

寂聴　あれはね、まなほが「好き、好き」ってすごく言うから、たいていあなたにあげていたの。

まなほ　もしそうだとすると、やっぱり先生、私に優しいのかなあ。

寂聴　そうよ。天丼とかは作るのが面倒くさいときがあるじゃないですか。私から「出前を取ろう」と言うと、あなたたち、大喜びするわね。お台所から解放されるものだから、みんなパッと笑顔になる（笑）。

「私の食事は朝と晩、2回です」

寂聴　そういえば、今日の朝ごはんは誰が作ったの？

まなほ　今日の担当は私でした。先生、今日のメニューは覚えていますか？先生のお好きなキャラメル味の厚切りデニッシュのトースト、ヨーグルトのハチミツがけ。昨日の残りのスッポンスープに卵を落としたスープ。そして野菜ジュースとコーヒー。フルーツはみかんとマンゴーでした。

寂聴 まあ、よく覚えてるわねえ（笑）。そんなに食べきれないですよ、いつも。

まなほ 先生は朝ごはんに関しては「何品目で」とか、あまり細かいご注文はないですよね。ですから余計に一生懸命献立を考えて作っているんですよ。だけど今日は全部召しあがったのでうれしかったんです。先生は、いつも何か自分がすごく小食みたいに話しますけれど（笑）。

寂聴 たまには全部食べることもありますよ。

まなほ そうですね、お魚を丸ごと残したり、そのときの気分で食欲もコロコロ変わるんですね。

寂聴 あははは。私は気分屋だから。私の食事は1日2回。10時ごろ食べる朝ごはんの次はもう晩ごはんなの。これが中国流よ。結婚してすぐ北京に行ったから……。

まなほ いいえ。先生、おやつもいっぱい食べていますよ！

寂聴 あなたはいつでもお菓子を食べていて、それこそお菓子をごはん代わりにしているけれど、私はそれほどじゃない。

まなほ　いえいえ、寂庵には大きくて頭がツルツルのネズミがいるんですよ（笑）。昨日は、先生の夕食のデザートとしてさくらんぼを出したんですけど、なぜか今朝、冷蔵庫を開けたら、残りのさくらんぼが全部なくなっていました。どこ行っちゃったんだろうなと思っていたら、お掃除に入った先生のお部屋に大量の種が落ちていて……。

寂聴　新しい小説の構想を練ったり、大切な考え事をしていてね、知らないうちに食べたのかな（チョロッと舌を出す）。

まなほ　でも机の下に『女性自身』と『週刊文春』が落ちていました。ただ週刊誌を読みながら食べていただけなんじゃないかと想像しています（笑）。

「おいしい料理が出てくると、これが〝最後の晩餐《ばんさん》〟だと思う」

まなほ　寂庵に来てから先生に教えていただいたお料理の中で、私がいちばんビックリしたのは何だと思います？

寂聴　すき焼きでしょう。

まなほ　すき焼きの、先生独特の〝締め〟にも感動しましたけど、何といっても「酔っ払い鍋」です。しゃぶしゃぶ鍋の中に先生が日本酒を惜しげもなくドボドボ入れるものですから驚きました。

寂聴　あれ、おいしいでしょう。

お鍋に日本酒を満たして、薄切りの豚肉をしゃぶしゃぶして食べる。水は一滴も入れずに日本酒だけ。安いお酒でいいんですよ。

まなほ　ハマグリとかも入れて、ポン酢とごまだれでいただくとすごくおいしい。寒いときは体が温まりますね。

あと、先生が作ってくださる、すき焼きの最後の締めのおじやも感動ものです。私の実家ではすき焼きの締めはしたことなかったんです。だいたい、すき焼きを全部食べきることがなかったので、翌日に牛丼風にして食べていたんですけど、私はここに来て初めて、締めのおじやを、先生に作っていただいて食べたんです。

ほとんど汁だけ残ったものに、ごはんと、とき卵を入れるのですけど、汁とごはんのバランスが難しくて、いつも先生にお願いしていますよね。

寂聴　私は東京女子大学を出てすぐに結婚して、戦前の中国の北京で主婦していましたから、料理はうまいのよ。中国の本格的な麺が打てるし、餃子《ギョーザ》も皮から作れるの。

昔の編集者たちは、私が作った料理を食べているから知っているけど、まなほは食べたことがないから、私のこと「料理は何も作れない」と、思っているのでしょう。

まなほ　知りませんでした。でも麺を打つと腰が痛くなりますから、おいしいお料理はもう私たちに任せておいてください。

寂聴　おいしいものはめったに出てこないけどね。たまにおいしいのが出てくると「ああ、これが最後の晩餐だ」と思う（笑）。

まなほ　でも、本当にそうなるかもしれませんし、お医者さんからの「あれ食べたらダメ、これ食べたらダメ」という指示を守るばかりではなく、もうこのお年になったんですから、好きものを食べたり飲んだりしていただきたいな、と思っています。

寂聴　優しいこと！（爆笑）

元気の秘訣その②「いつも〝新しいこと〟に挑戦する」

まなほ　先生も私も食べることが好きですから、どうしても食べ物の話で盛り上がってしまいますね。

健康の秘訣に話を戻しますけれど、私は先生の好奇心旺盛なところも、若々しさと関係があるように思います。テレビ番組の撮影のときに、スタッフさんがハンドスピナー（※回すことでストレスも解消できるというアメリカ生まれの玩具）を持ってきてくださったこともありました。

先生は最初、興味なさそうでしたのに、そのうちハマってきて、ずっと回している姿が番組でも流れていましたよね。

寂聴　ハンドスピナーは、もうやってないの。

まなほ　いまハマっているのはインスタグラムですよね。今日も写真を投稿しましたけど、「今日は何人が見てくれた？　今日何人？」って聞いてくるし、「この写真は載せる？」「これも載せない？」とか、私に提案してくるなんて、先生にしてはかなりご執心に思えます。

寂聴　せっかく始めたのだし、どのくらいの人が見てくれているのか、やっぱり人数は気になりますよ。

まなほ　写真や動画を投稿するたびにフォロワー数が増えたり、反響が目に見えるのが面白いんでしょう。反響があるのかないのかわからないという状況がいちばん嫌なんですよね。

寂聴　そうなの。今は1日に10万人くらいが見てくださってるの？

まなほ　はい。梅沢富美男さんのテレビ番組『梅沢富美男のズバッと聞きます！』（フジテレビ系）に出たときに、先生のインスタを紹介していただいたでしょう。それで1日に5千人も6千人も、急にフォロワーが増えましたね。

そのあと、梅沢さんと俳句の話題になって、先生の初めての句集『ひとり』（深夜叢書社）も紹介してくれたじゃないですか。そうしたらアマゾン通販の書籍部門ランキングで、『ひとり』が1位になったんですよ。

寂聴　テレビの影響力はすごいね。売れないから出版社に頼めないと思って最初は自費出版にしたのに、それが何度も増刷になっている。

まなほ　梅沢さんも俳句、本当に上手ですものね。

寂聴　そうなの。あの番組は梅沢さんと俳句の話ができたから、余計に楽しかった。

梅沢さんの奥さんは、アロママッサージをする人なんですけど、きれいで賢い方です。番組放映のあとで、寂庵の法話を聞きにきてくださっていました。

まなほ　インスタグラムで先生の本の宣伝もできますし、何かメッセージを皆さんに伝えたいときにも便利ですよね。

寂聴　若い人たちが何人くらい見てくれているのかがわかる。それが、とてもいいね。もういまの若い人はね、新聞を読まない。週刊誌だって、ほとんど読まない。ですから、多くの人に伝えたいと思ったらテレビのほうが早い。

まなほ　テレビよりも、さらにネットのニュースとかインスタグラムのほうが、情報を早く伝えることができます。

寂聴　今後ますますそうなっていくでしょうね。小さなスマホでも見えるから、インスタグラムは続けていきたいね。

まなほ　はい、やります！　でもインスタグラムにハマったとたんにハンドスピナーへの興味は、スーッて消えましたね（笑）。

寂聴　何か手のひらでグルグル回っているだけだから、ハンドスピナーはもう飽きた。私は飽きっぽいのよ。

まなほ　流行《はや》り物には目がないけど飽きっぽいですよね（笑）。いろいろなことに興味を持って、若い人の間で流行っていることにはガンガン挑戦したいっていう先生、私は好きです。

寂聴　あははは。新しくて面白いものを持ってきてくれたら、私は何でもうれしがるから、それでみんなも「また何か探して持っていってやろうかな」と思うのよ。

まなほ　そうですね、テレビの取材でも、担当の方が最新の流行り物を持ってきて、「先生、これやってみませんか」と言うと、先生はすぐ飛びつくんですよ。

寂聴　私は大体乗せられやすいのよ（笑）。私の機嫌をとって、面白い番組を作ろうという仕事熱心な人たちなのね。

まなほ　そういうプラス思考、先生っぽいです！

元気の秘訣その③「いろいろな人と会って、おしゃべりする」

まなほ　先生の長編小説『いのち』（講談社）が12万部も売れて、先生ご自身がびっくりしていましたね。

寂聴　もう、何が売れるかわからないね。純文学作品ですから出版社もあれほど売れるとは予想していなかったみたいで。

まなほ　河野多恵子《こうのたえこ》さん（※'15年没）と大庭《おおば》みな子さん（※'07年没）との交流がテーマでしたが、私はお2人のことを何も知らなかったのですけど、すごく面白かったんです。

でも、先生自身は『いのち』に対しての評価がけっして高くはないので、私は戸惑いを感じていました。

河野さんと大庭さんから、小説に出てくるような言葉を引き出したのは、先生だからできたと思うんです。きっとほかの方ではお2人とも、そんなに面白い反応をしなかったんじゃないかと……。

要するに、先生のキャラクターが皆さんの本音を引き出したわけで、お2人のことをまったく知らない私でも楽しむことができました。

寂聴　河野さんなんか、何十年にもなるお付き合いでしたからね。

まなほ　河野さんは谷崎潤一郎に傾倒していて、SMなどを題材にした作品も多い方だったんですね。私生活のほうはどうだったんですか？

寂聴　河野さんは恋人の男性に頼まれて、相手を手でぶったり、縄で縛ったりしていたらしいの。縄でぶつときも、ただの縄ではなくて洗濯ばさみがついたものを使うから、よけいに痛いのよ。

まなほ　痛そう！

寂聴　もし相手がそれで大ケガをして裁判沙汰になったときは、「相手の男性、つまり多恵子さんの恋人からの要望でそういう行為に及んだ」ということを、私に裁判所に来て証明してほしい、と本気で頼んできたのよ。

河野さんの、そういう事情まで知っているのは私しかいないしね。

まなほ　よく、そこまで……。

寂聴　私は河野さんの話をいつも真剣に聞いていたから（笑）。

まなほ　河野さんや大庭さんももちろんですけど、いろいろな人に会って、相手の人の言うことを真剣に聞いて、お話しする。それも先生の元気の源の1つですよね。部屋にこもっているんじゃなくて、出かけて行ってたくさんの方と会ってしゃべるという……。

寂聴　生きるということは、いろんな人に出会うことなのよ。人に会えばおしゃべりするでしょう？

まなほ　はい。私たちが持って生まれてきたコミュニケーション本能ですね。

寂聴　そうそう。双子でそろって100歳を超えた成田きんさんと蟹江ぎんさんのことを覚えている？　お2人のお子さんたちが週刊誌にコメントしていましたけど、きんさんぎんさんの長寿の秘密は、しゃべることだったそうよ。人間はしゃべろうとすると、頭脳が活発に働くでしょう。

まなほ　確かにそうかもしれないですね。

寂聴　それから口も動くでしょう。ですから、いろいろな人と会ってしゃべることが、いちばんの元気の源なのよ。

まなほ　先生だって、法話の会の日にいくらお疲れになっていても、周囲に「今日は30分ぐらいで切り上げてください」って引き留められても、1時間半くらいは、ずっとしゃべり続けますもんね。

寂聴　そう、しゃべり続ける（笑）。おとなしくて黙っている人って、陰気な人も多いでしょう?

まなほ　人に会うといっても、おとなしい人に会うよりは、活発な人と会って、いっぱいしゃべったほうがいいのですね。

寂聴　極端に言えば、しゃべる相手は誰でもいいのよ。他人の亭主だっていい（笑）。相手が話を聞いてなくてもいいのよ。それでも、しゃべって、しゃべって、しゃべりまくる!

まなほ　相手が聞いていようがいまいが、とにかくしゃべるずうずうしさが大事だということですね（爆笑）。

寂聴　ははは。しゃべるとストレスも発散するから健康になる。逆に無口な人は病気になる。

まなほ　そういえば、私たち2人もずっとしゃべっていますね。新幹線で東京に行くときでも、どちらかが寝るとやっと静かになる。

寂聴　私は耳が遠いから、だんだんと声が大きくなって、もう新幹線の中でも大きな声になるの。
　あなたにも「もうちょっと小さい声で話しなさい」と言っても、あなたは「どうしてですか？」って聞き返すだけで……。

まなほ　だって、何を言っても先生は「うん、うん」って言っているから、本当に話が聞こえているのか、わからないこともあるんですよ。

寂聴　ははは。そうやって2人で大きな声でしゃべるんだから、話は乗客みんなに聞こえるのよ。

まなほ　先生、今度から手話でおしゃべりしましょう。2人で手話を習いましょうよ。
　何か変な悪口とか言っていて、それを《瀬戸内寂聴さんと秘書が○○さんの悪口を大声で言っていました》みたいなことをツイッターに書かれていたら困ります。

寂聴　そうよ。ほめるのはいいけど、だいたいが悪口だから（笑）。

まなほ　盛り上がるのは、悪口！

寂聴　盛り上がって、ますます大声になる。
まなほ　ですから、やっぱり手話ですよ、先生！
寂聴　それにしても、まなほは早口で大声でよくしゃべるのね。ペラペラ、ペラペラ、テレビに出だして、さらによくしゃべるようになった。
まなほ　もしかして、おしゃべりなところだけ、先生に似てきちゃったのかしら（笑）。

元気の秘訣その④「人の幸せのために尽くす」

まなほ　人の幸せのために尽くすことが、尽くした人の活力になる、生きがいになると、先生はいつもお話しになっていますけど、それって仏教の「忘己利他《もうこりた》」のことですね。
寂聴　そう、自分のことはおいておき、人の幸せのために尽くすということね。天台宗の開祖・最澄《さいちょう》さんのお言葉で、それが天台宗の根本の教えなの。人間って自分のことだけしか考えないものでしょう。でも、自分さえよければいいという生き方は、やっぱり間違っているのよ。

まなほ　私もそうですけど、人間って給料をいっぱいもらいたいとか、いい服を着て、おいしいもの食べて、健康で、幸せにいたいって願うものじゃないですか。その自分の欲求を脇に置いといて、人の幸せのために尽くすというのは、なかなかできないと思うんです。

寂聴　そのとおりよ。私たち凡人、つまりおバカさんにはなかなかできません。だからこそ最澄さんは「心がけなさい」と教えていらっしゃるのです。ですから、毎日じゃなくてたまにでもいいから、自分のできる範囲で人のために尽くす。それでいいのです。

まなほ　よかった。それなら私でもできるかも（笑）。

でも私から見ると先生はいつも、その「忘己利他」を実践していると思います。寂庵での法話の会も写経の会についても、もう96歳なのだから無理をせずにお寺の門を閉めて、ご自分のペースで小説だけを書けばいいって言ってくださる方も大勢いますよね。

先生が「そうだよね」って言いながらも、なお続けている理由というのは、やっぱり人のため、生きているうちは僧侶としての義務を果たさなければいけない、という気持ちがあるのだろうと思っています。

皆さんの前で法話をしたり、質疑応答で皆さんのお悩みを聞くのは体力も要るじゃないですか。それでもやめないというところに、「必要としてくれている人のために尽くしたい」という強い気持ちを感じています。

岩手県の天台寺（※現在は名誉住職を務めている）へも、体力的にはもう絶対に無理なのに、先生は「待っている人がいるから行ってあげなきゃね」っておっしゃいます。

96歳の高齢なので、無理しないでほしいのですが……。

寂聴　でもね、自分のためだけに生きるのはつまらない。人のために尽くすことが、結局は生きる励みになったり、活力になったりするのです。

元気の秘訣その⑤「健康で長生きのためには、毎日笑う！」

寂聴　健康法と呼ばれるものはいろいろありますが、私が法話で皆さんに勧めているのは、笑うこと。それがいちばん簡単で効果があると思っています。笑う、そして、しゃべる！ それにつきます。

まなほ そして、食べる、寝る（笑）。

寂聴 うん、食べる、さらに飲む！ といきたいけど、お酒を飲めない、下戸《げこ》の人もいますからね。それにお酒は、みんな飲みすぎて体を悪くするじゃないの。

まなほ お酒はほどよくですね。

寂聴 でも、なかなかほどよくできない（笑）。最後はもうぐっすり眠ること。笑って、しゃべって、食べて、ぐっすり眠る。そうしたら、だいたい健康に生きることができますよ。

まなほ 食べて、ぐっすり眠っているから、先生のおなかはこんなになるんじゃないですか。

寂聴 でもね、人に会うときは法衣《ほうえ》を着ているから、いくら太っても意外にわからないの。法衣は便利なのよ。

まなほは寂庵に来たときから、何か私を笑わしてやろうとあれこれ考えて、一生懸命努力していたわね。

まなほ　努力というほど意識はしていませんけど、こうしたら笑ってくださるのかなっていうポイントが、一緒にいるとわかってくるじゃないですか。

でも最近は、別に何も面白いことしなくても、先生は私の顔見ただけで笑いだしちゃうんですよね。顔を見たら笑うって、とっても失礼なことだと思うんですけど（笑）。

寂聴　「ああ、何かやろうとしているな」「面白いことしかけてくるな」というのが気配でわかるから、いつも油断できない。笑わせようとしてかどうかわからないけど、顔を寄せてきて威嚇するじゃないの。

まなほ　威嚇なんてしていません（笑）。でも、まあ1時間話していると、ほとんど何か笑ってくださるし、何で笑っているかって聞かれても、先生、答えられないですよね。

最初はそうじゃなかったんですけど、最近はもうパブロフの犬みたいに、条件反射的に笑っているから。

寂聴　私がリハビリしているときでも邪魔しにくるじゃない。

まなほ　最近は笑わされないように、リハビリのときは、ずっと目をつぶっています。

私がそばにいないときはテレビの『怪傑えみちゃんねる』（関西テレビ）を見て、よく笑っています。やっぱり上沼恵美子さんのおしゃべりが面白いと。

寂聴 そうそう、あの人、頭がいいからね。

まなほ 『えみちゃんねる』以外だと、ときどきサスペンスドラマ見ていますよね。

寂聴 ああ、昼間に再放送しているものとか。字幕放送にしておけば、わざわざ補聴器をつけていなくても、内容がしっかりわかるし。

まなほ 大相撲も好きですよね。始まる時間になると、「あっ、いまから相撲、相撲」とか、おっしゃって。

寂聴 大相撲といえば、何だか2人でずっと笑っていたこともあった。

まなほ あははは、「マサヨ読み間違え事件」です。正代（※しょうだい＝本名・正代直也）のことを、先生が〝マサヨ〟って呼んでいて。

かなり前に起きたことなのに、いまでもこうやって「マサヨ」って言っただけで2人で笑ってしまいます。きっと、ほかの人たちから見たら何で笑っているのかまったくわからないですよね。

寂聴　あなたは最近は変な踊りをよくするようになった。あれってストリートダンスとか、ヒップホップダンスとかなの？

まなほ　うーん。オリジナルな創作ダンス。そのときの気分で、即興です。

寂聴　とても面白いから話題になる。インスタグラムに動画を上げましょう。

まなほ　やだ！　やだ！　やだ！　人には見せられない！

寂聴　私なら平気なの？　まなほが人前じゃできないなんて、珍しいわね。

まなほ　そう、私は先生が笑って元気になってくれればいいんです！

寂聴　本当に私たち、よく笑うわね。笑うツボも小学生みたいで。

まなほ　小学生が、ずっと「うんち、うんち、うんち」とか言って笑っているみたいな感じですよね。

先生、若返りすぎて、小学生に戻ってしまったんですか？（笑）

寂聴　ふふふ。つまり私たち2人とも、小学生レベルってことね（爆笑）。

元気の秘訣その⑥「朝風呂で五体を目覚めさせる」

まなほ 先生は、朝のお風呂も長年の日課にされていますね。

寂聴 ぬるめのお湯に10分くらい首までつかっていると、頭の隅に残っていた嫌なこととか、仕事の疲れとかが、すっと溶け出していくの。心も体も癒されます。

一時ね、作家の間で、お風呂に日本酒を入れるのが流行ったの。一升瓶全部入れると健康にもお肌にもいいと言うので、私もやっていました。いま思うと、そんなに効果はなかったように思うけど。

まなほ もったいない！　でも、いまは「酔っ払い鍋」で日本酒をたくさん使っていますね（笑）。先生のお風呂に入れるのは日本酒じゃなくて、ずっと柚子《ゆず》にしましょう。先生は端午の節句の菖蒲《しょうぶ》湯や、冬至の柚子湯の習慣も大切にされてますけど、特に柚子湯はお好きですよね。

寂聴 確かに柚子湯は大好き！　柚子を半分に切ったものをお湯に入れています。一年中、柚子湯に入ってもいいくらいです。

まなほ 私、一年中、柚子が手に入るように全国を探します。

寂聴　あら、優しいのね。

まなほ　そういえば先生、星野立子《ほしのたつこ》賞を受賞した先生の初めての句集『ひとり』（深夜叢書社）にも、柚子湯を詠んだ作品がいくつも載っていました。もう全部覚えてしまいましたが、私が好きなものを順番に並べると……、

老いし身も　白くほのかに　柚子湯かな
柚子湯して　逝きたるひとの　みなやさし
生ぜしも　死するもひとり　柚子湯かな

寂聴　もういい、もういい（爆笑）。

まなほ　お誕生日にはたくさんバラのお花をいただくので、その後、優雅にバラ風呂に入ることもあります。

寂聴　私には戸籍上の誕生日（5月15日）と得度記念日（11月14日）と、年に2回誕生日があるでしょう。ですから年に2回お祝いの花が集まるので、そのたびにバラ風呂をする。とってもいい匂いでしょう。まるで極楽浄土よ。

まなほ　でも句集にはバラ風呂は、一句もでてきませんね。

寂聴　真っ赤なバラのお風呂に96歳の老婆がポッコリ浮かんでるところなんか、想像されたくないのよ（爆笑）。

まなほ　今年のお誕生日も、たくさんお花が届きましたね。

寂聴　もう最後かもしれないから、まなほたちがお祝いを受け取るところを見てみようと思って、勝手口に近い食堂にいたんですよ。そうしたらね、誕生日とその前後の3日間で、お祝いのお花とかお菓子が朝からどんどんどんどん届いて、150個まで数えたんですけど、疲れて途中で寝てしまった（笑）。

まなほ　一個一個、ハンコを押さなければいけませんし、荷物を受け取るだけでも大変でした。

先生は座って「ああ、大変だね」とか言って、見学しているだけでしたよ。5月15日は葵祭《あおいまつり》の日だから、先生が「お祝いの受け取りくらい私がやるから、葵祭を見ておいで」なんて優しいことを言ってくださっていたのに。

私が「先生に何ができるんですか？」と聞いたら、「ハンコぐらい押すよ」って。それなのにいざとなったら座って見ているだけ。「先生もちょっと手伝ってください」とお願いしたのに、聞こえないふりをしていましたよね（笑）。

寂聴　（聞こえないふりをして）お風呂の話に戻りましょうか（笑）。

昔は一仕事終えた夜更けにひとり、ゆっくりお風呂につかっていると一日の疲れが全部とれて、ぐっすり眠れたものですけど、いまは朝風呂派に転向したのね。

でも私は朝酒はしない。せっかく朝風呂で爽やかな気分になったところで、少しでも小説を書きたいの。

まなほ　書斎で机に向かうときは、ブラックコーヒーと決まってますものね。

元気の秘訣その⑦「ストレスはその日のうちに発散」

寂聴　やっぱり健康のためにはストレスはためこまないほうがいいわね。できれば、その日のうちに解消したほうがいい。私のストレス解消法は、言いたいことをガマンしないこと。お酒を飲みながら、知人の悪口を言いまくる！

まなほ　そして、私の悪口も言う（笑）。

寂聴 モノにも当たる。腹が立ったら枕を投げる。「まなほめ!」って言いながら。もっと腹が立ったら辞書を投げる。広辞苑がいちばん丈夫だからね、いくら投げても壊れない。

まなほ あんな重いものまで? でも私は投げる現場を見たことがないのですが、最近はしていないってことでしょうか。

寂聴 あなたの前でしないだけです。

まなほ 書斎や寝室で「まなほめ〜」って?

寂聴 「まなほめっ、バカヤロー!」って。

まなほ 先生、怖いですよ(笑)。

寂聴 でも目の前ではやらないの(笑)。

まなほ そもそも先生はストレスがあるのですか?

寂聴 あんまり感じないほうね。

まなほ ああ、でも入院中は、けっこう大変だったのではないですか?

寂聴 入院中は何も面白いこともないものね。幸い個室でしたので、長電話ばかりしていました。

まなほ　入院中はちょっとうつっぽくなったから、退院したら句集『ひとり』を自分のお金で出版しようと、気持ちを明るく切り替えたんですね。

寂聴　誰でも入院していたら気持ちも沈みます。

ですからそういうときは、とにかく何か楽しいことや、自分の好きなことを思い出すことね。

まなほ　「退院したらあれをしよう、これをしよう」とか考えるだけでも、楽しくなるものでしょうか？

寂聴　そうそう。「元気になって退院したら、あいつを殴ってやろう」とか、「あいつとごはんを食べて、お酒を飲もう」とかでもいい。

まなほ　私のストレス発散法は、テキーラを飲みながらお菓子を作ることです。

酔っ払いながら大量にお菓子を作って、それをスマホで写真に撮れば、何だか気持ちもスッキリします。

できたお菓子は自分ではあまり食べないで、人にあげるんです。ちょっと酔っ払って、いい気持ちでお菓子を作っているうちに、自分の中で何かストレスが発散できるんです。

寂聴　そんなストレス解消のために作ったお菓子でも、たとえおいしくなくても、ほめなきゃいけないのね（笑）。

まなほ　そうですよ。ふつうは何かもらったらほめなきゃいけないんですよ。それなのに先生は、私が作ったとわかった瞬間に、もう好き放題言うじゃないですか。

ですから最近は「私が作りました」とは言わないで、「これ、お店で買ってきたものです」と言って渡すこともあります。すると先生が「品がいいね。味がいいね。形がきれいね」とかほめてくれますから。

寂聴　何度も騙《だま》された。

まなほ　私が作ったと言ったら、それだけで何か悪口を言いたくなるんですから……。でも、すでにお菓子作りは味覚の発達した先生を騙せるほどのハイレベルってことですよね⁉　私の作ったお菓子を、「お店の」って言っただけで、本当に「おいしい」って食べてくれる。

寂聴　テレビ番組ではテキーラを何杯も飲んでいたわね（笑）。寂庵に来たころはそんなにお酒は飲まなかったような気がするけど。

まなほ　お酒を飲むことは先生に教えられたんですよ。洋間の奥にあるホームバーの「パープル」。あそこでウイスキーの銘柄から手ほどきを受けました。「ホワイトホース」は「白馬」とか、覚え方も教えていただきました。

寂聴　いろいろ一緒に飲んだ。いまじゃまなほは、ビール、ワイン、シャンパンと何でもこいね（笑）。

テキーラをあおりながらお菓子作りって、いつごろから始めたの？

まなほ　25歳ぐらいからで、そのときからお菓子作りにもハマったんです。なぜテキーラを飲むかというと、一気にテンションが上がるからですかね。

ちょびちょび飲んでテンションを上げていくのではなくて、もうバッと上がって、バッといい気持ちになりたいからテキーラをストレートで飲むんです。ふだんはウイスキーとかをソーダ割りか水割りにして飲んでいますし、そのほうが体にもいいみたいですけれど。でも先生はテキーラは飲みませんね。

寂聴　きつくて嫌なの。

まなほ　一緒に飲もうって誘惑したこともありましたけど乗ってきませんでしたね（笑）。でも先生、バッとテンションが上がって、プッて事切れたら、それがいちばんいい死に方かもしれませんよ。な〜んて（笑）。

「袈裟《けさ》姿で目立つから買い物に行けなくて……」

寂聴　あははは。それにしても、まなほにテキーラを一気飲みしたくなるような大変な悩み事があるの？

まなほ　それは私にだってありますよ。仕事のこととか、自分のこととかいろいろ悩みが重なって、何かモヤモヤすることもあります。

自分が仕事をうまくできなかったりとか、先生やいろいろな人にわかってほしいことがあっても、何かわかってもらえなかったりとか。

寂聴　期待に胸膨らませて行ったお見合いの、相手の男が気に入らなかったり……。

まなほ　そんなんじゃありません！　最近では寂庵を留守にすることが多くなっているじゃないですか。それに私の取材に来てくれたメディアの人たちに私以外のスタッフがお茶を出してくれたりするじゃないですか。

そのことを先生は、「まなほの取材なのにほかのスタッフがお茶を出すのは……」とか「まなほはいつも寂庵にいないから」とかおっしゃるでしょう。それは先生が私とほかのスタッフの双方に気を使って、わざとそういう言い方をしてくださってるんだろうなぁ、とはわかっているんです。

でも本を出したことによって、ほかの人に迷惑をかけたりすると、自分が嫌になることもあります。そういう感情は、自分ではどうしようもできなくて、ストレスが積もっていくのです。

寂聴　だからテキーラなのね。その点、私のストレス解消法はいろいろある。広辞苑を投げる、人の悪口を言う……。

まなほ　そして私を足で蹴る、けなす、からかう！

寂聴　あははは。それもあるけど、嫌な気分を明るく変えるためには、買い物をするのもいいわね。いまは私はなかなか行けないの。お店に車いすで行ったら目立つでしょう。それに私は袈裟姿ですし、どうしてもみんなが気づいてしまう。これが、ちょっと不便ね。

まなほ　でも、私はそれほど気にしなくてもいいと思いますよ。河原町《かわらまち》の京都タカシマヤとかに、ときどき先生のお洋服や鞄《かばん》などのお買い物について行きますよね。帽子をかぶってマスクして車いすに乗っていますけど、意外にほかのお客さんたちは先生に気づいていませんよ。きっと皆さんの目線より低いところにいるので、あまりわからないんですよ。

タカシマヤで2人で買い物をして、とんカツを食べて帰ってくるというのも、私たちの秘密の楽しみですよね（笑）。

寂聴 タカシマヤのとんカツが、おいしいのよ！

まなほ その楽しみも1年に1回か2回って感じですけどね。

なかなか外出はできませんけれど、先生は通信販売もお好きですよね。いつも通販カタログを見ていて、なんでこんなものを、と私が思うようなものを注文してしまう。この前はオレンジ色のブラウスを買ったのに、ちょっと色がイメージしていたのと違ったんですか？　届いたらすぐに私にくれましたよね。

寂聴 そうそう。新聞広告を見て買ったんだけど、チラシの色と実物の色が違っていたの。あんまり派手だったからあなたにあげた。

まなほ 先生が買うものは服が多いですよね。あと、靴下ですか。’17年の心臓と足のカテーテル手術以来、足がむくむようになったから、むくみがなくなるようなものを選んでますね。

寂聴　それより、巻くだけでおなかがへこむベルトは注文してくれたの？

まなほ　先生がメモをくれたものでしたっけ？「おなかがへこむベルトが売ってるんだけど！」と、喜んでいて、申込先電話番号を書いた紙をいただきましたが……。でも、あのベルトはどうでしょうか？　私はあれを巻くよりは、食べる量とか、お酒を飲む量とかを減らしたほうがいいと思いますよ。

寂聴　いくら私が欲しがっても、まなほは絶対に買ってくれないんだもの。ほかのスタッフならちゃんと買ってくれるのに。

まなほ　だから先生は、このごろは私に黙っていて、ほかの人にそっと頼んでますよね。私、荷物が届いても何が入っているのかわからないことがあります。

寂聴　まぁ、裏ワザってことかしら。

まなほ　そこまでして欲しいのですか？（笑）

「服を買ってくれると言っていたのに……」

寂聴　まなほに服を買ってあげることもあるわね。そういえば帝国ホテル東京のショッピングモールにあるブティックで、いろいろ試着させたことがあった。

まなほ　その揚げ句に「まなほには、どれも似合わない」と、先生がおっしゃって、何も買わないでホテルの部屋に帰りました（爆笑）。

寂聴　あははは。ですから、さすがにもう二度とそのお店に行けないと思っていたら、そのお店が潰れてしまって……。

まなほ　次の機会には買っていただこうと思っていたのに！

寂聴　もちろん似合っていたら買ってあげようと思っていたんだけど、全然似合わないじゃやない。

まなほ　店員さんは「とってもいい」って言ってくれていました。あまりにも値段が高かったから、ケチったんじゃないですか？（笑）

似合っているって言われた服は50万円だったんですよね。先生は「50万もするような服に見えない。それだったら現金であげるわ」って。でも結局、現金でもいただけませんでした（笑）。

寂聴　あははは。

まなほ　「こんなもの50万もするように見えない」って、店員さんの目の前で大きな声でおっしゃってたんですよ！　「先生、声が大きすぎます」って言ったのに。もしかしたら、先生の大声がほかのお客さんたちにも聞こえて、それで潰れちゃったんじゃないですか。

寂聴　次から次へと試着した揚げ句に何にも買わなかったから、店の前を通るのもきまり悪いなあと思いながらふっと見たら、なんと潰れていたの。

まなほ　瀬戸内先生が来店して、あれだけ試着させていれば、一着くらいは買ってくださるだろうって、店員さんも思っていたと思いますよ。

寂聴　あのショッピングモールにあるものは、お金持ちのマダムが買うようなものが中心で、まなほに合うような洋服はないの。でも今度、東京に行ったら、どこかほかの場所へ探しに行きましょうね。

まなほ　今度って先生、具体的にはいつのことですか？

寂聴　あははは。でもまあね、まなほやみんなのおかげで、毎日、面白く暮らしていますよ。

第三章

「難しい言葉を使わないのは頭がいい証拠です」

～書いて生きたい

いまではエッセイの連載も
持っている瀬尾さん。
〝書くこと〟の楽しさ、大変さについて
大先輩である寂聴さんに尋ねます――。

取材現場に車で向かう

「先生に初めてほめられました」

まなほ　ずっとお伺いしたかったのですが、先生からご覧になって、私の文章は以前と比べれば少しは上達していますか？

寂聴　まあ、上達はしてないわね。昔からいまくらいのレベルがありましたから。

まなほ　でも先生、私が共同通信社で連載している「まなほの寂庵日記」を読んで、

「すごくよくなった。このまとめ方とかもまるでプロみたいだよ」

と、ほめてくださったこともあったじゃないですか。

寂聴　そうね、あのエッセイに関してはとても素直に書いていて、私が手を入れたりすることはもうまったくない。読みやすくて、スラスラ読めるというのは、すばらしいのよ。

まなほ　何を書くかを決めるまでは、すごく悩んで時間がかかるのですけど……。でも書くことが決まってから、パソコンで文章を打つのはけっこう速いんで

す。先生が法話をされている最中の30分くらいで書き上げたこともあるんですよ。

寂庵　この前は文芸誌の『群像』（講談社）にもエッセイが載ったしね（※'18年5月号「モナへの手紙」として掲載）。

これは本当にすごいことなのよ。載せてもらいたくてもなかなか載せてもらえない作家もいっぱいいいるんだから。そんな雑誌を怖がらず、どこにでも書くところも、まなほらしくていいわね。

まなほ　はい。それってほめ言葉なんですよね（笑）。

でも『群像』に載ったのは、先生の小説『死に支度』や『いのち』に登場するモナのモデルが私だったからで、〝おまけ〟みたいなものでしたから。でも、私よりも知り合いたちのほうが驚いていました。

寂聴　若い人は文芸誌のことは、あまり知らないからね。この前、寂庵に来た若い編集者も『群像』のことを知らなくてびっくりしました。

まなほ　実は私も以前は〝先生が連載している雑誌〟〝いつも締切りに間に合わなさそうで、私がハラハラしている雑誌〟ぐらいの知識でした（笑）。

寂聴　谷崎潤一郎の『細雪《ささめゆき》』のことも〝細いゆき〟とか言っていたしね。

まなほ　「先生、〝ほそゆき〟って面白いの？　〝こまゆき〟でしたっけ？」って聞いちゃいました（笑）。

それにしても、いまこうやって文章を書くようになったのは、みんな先生のおかげです。私の書いた先生への手紙を、『死に支度』にも使ってくださいましたし、「文章が素直で気取ってなくていい」と、ほめてくださいました。

手紙なんて評価の対象になるものだと思ってもいませんでしたし、ほめられるのも初めてでしたのでうれしかったです。

寂聴　まなほは、よく私に手紙を書いていたね。長いときは便せんに5枚なんてときもあったし、はがきサイズで短いときもあった。

まなほ　あるときから、あまり手紙は書かなくなりましたね。誕生日とか特別な日に書くぐらいで。

寂聴　もう忙しくて、そんな暇ないんじゃない？

まなほ　昔はどうしてもお伝えしたいことを手紙にまとめていたのですが、いまはいつも密にしゃべっているので、私の気持ちを理解してもらえているという安心感があるんですよ。

何かあると先生のお部屋に行って、ベッドに座って、いろいろ話すこともできますし。

寂聴　あなたがだんだん近寄ってくると、暴力を振るわれるかもしれないと危険を察知して、「もう向こうへ行きなさい！」とか、追い払うこともある（笑）。

まなほ　何ですか、それは（笑）。

寂聴　そうね、いつでも話せるし、私へ手紙を書く暇があったら早く自分の原稿を書いたほうがいい。

権利を勝ち取るために闘った女性たち

寂庵　８年前に寂庵に来たときは、私の本を１冊も読んでなかったけど、それから何か読んだって言っていたわね。

まなほ　はい。もう10冊以上読んでいます。

寂聴　すごい！　どの作品が面白かった？

まなほ　『美は乱調にあり』（岩波現代文庫）がいちばん好きですね。伊藤野枝《いとうのえ》（※作家・婦人解放運動家）や雑誌『青鞜《せいとう》』のことを知って、女性の権利や自由を得るために闘った女性たちのたくましさに頭が下がりました。

私が生きている時代は、女性も選挙権を持っていますし、職業を選択する自由もあります。

寂聴　でも、昔はそうではなかったの。

まなほ　そうですね、自分の権利を当たり前だと思って生きていてはダメなんだと気がつくことができました。伊藤野枝は憲兵に連れ去られて、殺されてしまうわけですが、その激しい生涯にも驚きました。

この人たちがいたから、いまの私たちが男の人たちと同じように、居酒屋で生ビールを飲んで女子会とかできているのかと思うと、何だか不思議な感じです。

寂聴　ずいぶん成長したのね（笑）。

まなほ　またそうやってからかう！　先生のおかげで、大きな目線で世の中を見ることを教わったんです。

先生が政府や原発に対して、「おかしい」と思うことに声を上げたり、デモに参加したりしているのも、「権利を持っていなかった時代」を知っているからだと気づいたんです。先生と出会わなかったら、きっと自分の尺度だけで生きていたと思います。

寂聴 そうね、私は女が自由になるようにと思って小説を書いてきたの。私が若いときは、結婚するまで処女でないといけないとか、結婚後は生涯1人の人を愛するとか、女が自分で自分の人生を考えて生きることなんてできなかったのよ。まなほは、そんなにしっかり読んでくれたのに、私に感想を言ったりとか、質問をしたりとかはあまりしないのね。

まなほ 『美は乱調にあり』と続編の『諧調は偽りなり』（岩波現代文庫）のことは、先生が多くの方と対談なさっていて、私はいつもそれを横で全部聞いているので、あえて自分が質問することがなかったのです。

寂聴 私も「これを読みなさい」って、あなたに言ったことないしね。世の中に本はいくらでもあるんだから読みたいものを読めばいい。そのうちに好きな作家もどんどん出てくる、だから「これ読んでみたら」なんて言わないの。

まなほ　そうですね。先生が何も言わないから、逆にいろいろ読んでみたくなるのかもしれません。

先生の連作短編集『夏の終り』（新潮文庫）も面白かったです。『花冷え』の中の、嫁いだ家を飛び出した知子が、家出の原因になった恋人に幻滅して、「こんな生活とはちがう。こんなはずじゃない」と、自分に悪態をついて、犬のように哭《な》きながら「成長したいのに、成長したいのに」と、自分に言葉をぶつける場面が好きです。

私もいつも強くなりたいって、思っているから。

寂聴　昔の作品が多いのね。

まなほ　最近のものではやっぱり『いのち』が好きです。

『いのち』は、大庭みな子さんと河野多恵子さんのエピソードを中心にして話が進行しますから、読む人も限られてくるんじゃないかと思っていたんですけど、読み進むうちに、私にはあの2人が主人公という感じではなくなりました。では主人公は誰なのかと言えば、それは先生ご自身なんですね。

先生はこれまでに出会ったいろんな人たちのことを書いていますが、大庭さ

2018年1月、朝日賞贈呈式にて。瀬尾さんも同行

んと河野さんは、その中でもすごく個性的ですね。大庭さんのご主人の大庭利雄さんも非常に興味深い人だと思いました。

寂聴　実は生前の大庭さんと河野さんはとっても仲が悪かった。大庭利雄さんはいまもお元気ですが、河野さんのことはあまりよく言いません（笑）。

まなほ　珍しいですね、とても温厚そうな方なのに。

　私、先生の本を読んであらためて尊敬しなおしたというか、小説家ってこんなすごいものなんだと実感しました。先生が、それこそ命がけで書いていらっしゃる姿も間近に見ていますし……。先生の作品は、とてもインパクトが強いですし、特別なものに思えるんです。文章を書くことが本当に大変だということを、先生の小説を読んですごく感じました。

「書くことが好きだから、ストレスはたまりません」

寂聴　『おちゃめに100歳！　寂聴さん』のときも、なかなか原稿が書けなくて、さすがのまなほも、少しは苦しんだみたいね。

まなほ そんな、私が苦しんでいたのを喜んでいるみたいな言い方はやめてください よ（笑）。

それまでは学校の作文とか大学の論文とか、『寂庵だより』の文章しか書いたことがなかったので、大勢の人に読んでもらうような文章を書くのは初めての体験でしたし、書くことってすごく難しいと、つくづく感じました。

短い400字詰め原稿用紙で2〜3枚とかのエッセイだったら、いまは書けるようになりましたが、当時はたくさんの量の文章が書けないもので先生に相談したんですよ。

長いものを書けって言われると、どうしてもダラダラした感じになるし、それを気にし始めると、なかなかすすまなくなってしまって。

寂聴 そのとき、そのときの状態があるじゃない。だから、そのときのまなほの状態を見て、パッとアドバイスしたはずです。

まなほ パッと何を言ってくださったんでしたっけ？ ……私、先生が何て言ってくれたか覚えてないです。ということは、たぶん先生は何も教えてくれなかったような気がします（笑）。

寂聴　「もう、そこの部分削ったら」ぐらいは言ったんじゃなかった？

まなほ　だんだん思い出してきました。先生は「がんばれ」って励ましてくださいましたけど、特に具体的なことは何も言ってくれなかったんです。

寂聴　だって、あなたは原稿を私に見せないしね。

でも最終的にあれだけ書ければたいしたものよ。まなほの本がよく売れた理由は、文章が非常にやさしいからです。難しい言葉を使わないで文章を書けるというのは、頭がいい証拠なのよ。

まなほ　わっ！　久しぶりにほめてもらいました。もっと、もっとほめてください（笑）。

寂聴　何かね、まなほに話しかけられているようでね。小説とかをあまり読まないような人でも読めるのよ。

まなほ　私の友達も本を読んで、「まなほと話してるような感じだった」って言ってくれたんですよ。その言葉がすごくうれしかったですね。

寂聴　あなたは、気負ってないからね。

「忙しいときのほうが筆がすすむものです」

まなほ 先生は、小説が書けなくてストレスがたまるということはあるんですか？

寂聴 ない、ない。書けないからって、いちいちお酒を飲んでいたら、時間がもったいない。書くことが好きだから、ちっとも苦痛じゃないし、ストレスなんてたまらないの。

まなほ お酒を飲んでしまったら、もう書けないですしね。

寂聴 あなたは、いつも忙しい忙しいと言っているけど、忙しいときのほうがかえって筆がすすむものよ。「明日が締切り、どうしよう？」って追い込まれたときに、一気に書ける。

まなほ 比較の対象にもなりませんけど、何かそういうところだけ先生と私、タイプが似ていますよね。頭の中にはできているけど、書き始めるまでに時間がかかる。無理やり同じタイプにさせていただいているみたいで申し訳ないんですけど、先生も私もなかなかエンジンがかからない。

寂聴　なんでもギリギリにならないとやらないっていうのは、まなほの性格じゃないの（笑）。私はエンジンがかかりにくいわりには、若いときから、もう自分でもあきれるほどたくさん書いた。

まなほ　徳島県立文学書道館に初めてご一緒したとき、これまでに先生が書いた本がズラッと展示されているのを目の当たりにして、衝撃を受けました。450冊くらいあるということは、作家になってから毎年7冊ぐらいは本を書いてきたっていうことですもの。

寂聴　96歳まで小説を書いた人なんか、日本にはいないからね。新聞の連載も、まだ3つぐらい続けているし。

まなほ　そんなに書き続けている方は、世界的にもいないんじゃないでしょうか。先生が世界最高齢の現役作家なんだと思うと、先生の秘書としては誇らしくもあり、心配でもあるんです。

連載とか始まると、もう夢中になってしまって、私が何を言っても聞いてくれないですからね。私が「先生」って呼びかけても、そのときだけすうっと耳が閉じてしまって。

「私は日本で3番目に字が汚ない小説家だった」

まなほ 寂庵には大勢の編集者が来ますが、先生は編集者に厳しいタイプの作家なのですか？ それとも厳しくないタイプ？

寂聴 いやいやいや、全然厳しくないよ（笑）。

でも、いくら寂庵や岩手県の天台寺に通ってきてくれても、短い随筆さえ書いてあげられなかった編集者がいたのも確かです。本当に気の毒だけど相性が悪いというより、やっぱりご縁がないのね。

まなほ せっかく原稿を書いてもらっても、先生の字は癖があるから、皆さん苦労されていると聞いたことがあります。

寂聴 私はスマホも持っているけど、執筆にはワープロやパソコンを使わない。400字詰め原稿用紙に、使い慣れた万年筆で書くでしょう。その字が癖字なのよ。

まなほ　要するに字が汚ないってことですか（笑）。

寂聴　私には字が汚ないという自覚がなかったの。

でも昔、うちに編集者が3人ぐらい集まって、原稿が汚ない小説家の悪口を言い合っていたの。「1番字が汚ない作家は誰か？」という話になって、真っ先に名前が挙がったのが亡くなった丹羽文雄さん（※'05年没）。全員が「そうだ、そうだ」で一致したの。

そして2番目が石原慎太郎さん。「じゃあ、3番目はだあれ？」って私が聞いたらね、みんな黙ってしまったの。もう一度「3番目は誰なの？」って尋ねたら、「知らないんですか、瀬戸内さんですよ」って（爆笑）。それでみんな大笑いしたことがあったの。

まなほ　日本で3番目はすごいですね。確かに汚ないですけど。

寂聴　なかなか読めない。新米の若い編集者に原稿を渡したら、こうやって眉間にシワ寄せて見て、そのまま黙って突っ立っていることもあった。「どうしたの？」って言ったら「読めません」って（笑）。

「お会計では林真理子さんにかなわない」

寂聴　作家といえば、よく寂庵に遊びに来る林真理子さんも、まなほをとても好いてくださっているわね。

まなほ　はい、真理子さんにはとってもよくしてもらっています。でも先生はテレビ番組で「真理子さんは私のことをすごく好きでいてくれるんだけど、私はそれほどでもないのよ」って、言ってしまったことがあるでしょう。

寂聴　ほんと⁉　どうして私がそんなこと言ったのかしらね。

まなほ　すぐそうやって忘れたふりするんですから（笑）。

寂聴　そんなことないわよ。私、真理子さんにはいつでも優しいもの。そのときは、きっとそういうふうに言ったほうが、視聴者も面白いと思ったのでしょうね。

まなほ　真理子さんは、先生がテレビで、そんなことを言うことも含めて、先生が大好きって、『女性自身』のインタビューで話していらっしゃいました。

寂聴　私も好きよ。グチグチしたところもなくて、いつもさっぱりしているからね。

そんな真理子さんのすごいところは、お会計が早いところ。私は誰かと出かけるときも、食事代とかタクシー代とかを人に払わせたことないのよ。動きが素早いから、サッと払ってしまう。

でも真理子さんにだけにはいつでも負ける。払おうと思うと、もう払っているの。

レストランで一緒に何か食べても、いつの間にかサッと会計を済ませているの。あの人の実家は本屋さんで、おうちの仕事を見ていたからかしら。でも、そんなこと言ったらうちだって仏壇屋だけど、真理子さんにはかなわない。

まなほ　秘書としても、お会計のタイミングってけっこう難しいな、と思います。食事をしていたり、話をしていたりすると、どのタイミングで席を離れるか迷ってしまいます。

そういう意味でも、真理子さんや先生の〝所作〟を間近で見られるというのは、本当に秘書冥利《みようり》に尽きると思います。

ですけれどもね、先生……。

寂聴 なによ、あらたまって。

まなほ 所作といえば、先生は障子や戸の開け閉めを足でしたりしますし、よく足でゴミ箱を蹴とばしたりしているので、それはどうなのかなぁ、と思います（笑）。

寂聴 そんなところ、よく見てるね（爆笑）。

手に何かを持っていたら、足で障子を開けるのも仕方がないでしょう。

まなほ いいえ、何も持っていないときでも足でボーンって。ですから先生はサッカーをやれば上手だと思います（笑）。

「人をほめる『コツ』があります」

まなほ さっきの〝所作〟とも関係してくると思うのですが、寂庵へのお客様や、法話の会に来たお年寄りへの、先生の思いやりや対応がこまやかで、いつもすごいと思っています。

私が気づく前に「今日は暑いからビールを出してあげて」とか、「お茶なくなっているよ、入れてあげて」とか、すごくお相手の様子を見ています。

寂聴　まなほと私では、この世に生きている長さも違うからね。

まなほ　経験の差だけではないと思います。先生はいつも周りを見ている。私も、先生が言いだす前にやらなければと、一生懸命考えるようになりました。「先生がきっとこうしろと言うんだろうな」と、予測したことを少しだけ先回りしてやれるようになった気がします。先生と一緒にいるからこそ学べたことで、私はとてもラッキーだと思います。

寂聴　私は作家だから、想像力が働くのね。

まなほ　でも作家だからって皆さんができるわけじゃないと思います。きっと先生が人に喜んでもらうのがお好きだからではないでしょうか。

寂聴　この人がいま何を求めているかということを、反射的に想像できるのね。それはやっぱり作家ならではの想像力で、逆に言えば作家にいちばん必要なのが想像力なの。

まなほ　先生は相手の方の洋服やアクセサリーやバッグ……、そしてヘアスタイルや顔立ちとかの外見を、たとえば法話の会の質疑応答のために立ち上がった方のことを自然にほめますよね。

寂聴　人をほめるコツがあるとすれば、その人がほめてほしいところをほめることです。私には、それが一瞬にわかるの。

まなほ　勘が働くということですか？

寂聴　いや一瞬の判断なのね。たとえば、いつもネクタイをしていない人が、その日はネクタイをしていたら、スッとほめる。
　ほめれば相手が若返ったりもするのよ。

まなほ　そうですね、寂庵のスタッフも、ここに遊びに来る人も、みんなとっても若々しいです。

寂聴　お堂を守っているスタッフも70代なのに、みんな「50代にしか見えない」って言うでしょう？

まなほ　みんな本当の年齢を聞くと驚いていますね。

寂聴　「今日の髪形はいいわね」とか「今日のお化粧はいいわね」とか、毎朝必ずほめているの。

ある程度の年齢になると、みんな自分の容姿の衰えを指摘されるのを怖がるようになります。「私の肌はシワだらけに見えないだろうか」って。そういう人も「若い、若い」ってほめてあげると、どんどん若返るのです。

まなほ　若い人のときは、どうやってほめていますか？

寂聴　誰でもみんな、ひそかに自信がある部分がある。「私は顔はマズイけれど、手はきれい」とか、「首筋はスッとしている」とか。そこを一瞬で判断して、ほめてあげれば絶対に仲よくなれます。さりげなくほめてあげるのもコツね。

まなほ　すごい！　ほめられるのは誰だってうれしいですよね。でも何で、私の外見のことはそんなふうにほめてくださらないのですか？　私が着ている服を見ては、「安物買いの銭失い」とか言うし……。

寂聴　そうかしら。

まなほ　だから先生とよく賭けをするじゃないですか。「そんなに安いと思うなら、いくらだと思いますか？」って。

寂聴　「じゃあ賭けましょう！」なんて言って、ひどいわよね。

まなほ　先生だって、「うん、賭ける！」って言ってます。そして必ず負けるのに、ふくれちゃう、そして支払いも放棄！

寂聴 あははは。

まなほ 本当に賭けがしたいわけじゃないんですよ。似合うと思って買ってきたのに、ひどいことばかり言うからです（笑）。

「寂庵には『ケンカ薬《ぐすり》』があります」

まなほ エッセイが思った以上に売れたおかげもあるのか、小説に挑戦することを勧めてくださる編集者の方もいるんです。

でも、先生がこれほど命がけで闘っている小説という分野に、私なんかが手を出していいものかという思いもあって……。

寂聴 あなたの本は売れるわよって、私は言っていたけど、まさか18万部（※'18年11月時点）も売れるとは思わなかったの。

出版元の光文社の社長さんと、5万部売れたら自転車を買ってもらう約束をしていたら、本当に電動自転車が寂庵に届いた。こんなに簡単にくれるのなら、自動車をくださいと言っておけばよかったのに（笑）。

まなほ　社長さんには「自動車は２００万部売れたら」って言われました（笑）。

寂聴　まぁ、あまり難しく考えないで、２冊目にも挑戦してみたらいいんじゃない。でも、２冊目は３千部売れたらたいしたものって思わなきゃだめですよ。

まなほ　そうですね。そもそも私はたとえ「一発屋だね」って人に言われても「はい、ありがとうございます。一発屋で、これだけ売れました」という感じなんです（笑）。でもそれが自分の弱さかなとも思います。それで物書きとして生きていくという覚悟がまだできていない、自信がない。いまはまだそういう気持ちです。

寂聴　大丈夫、能力はあるんだもの、まなほなら書けますよ。

あなたは手紙が上手だから、手紙形式の小説もいいかもしれませんね。ただ「ここを直していらっしゃい」って編集者から何度も言われるでしょうけど、書くしかないじゃないの。だって、いい結婚相手が出てこないんだもの（笑）。

まなほ　すごい選択ですね、結婚するか小説を書くかって（笑）。

寂聴　作家というのはもう才能だけです。その人に書く才能がなかったら、いくら努力したってだめなのよ。

まなほ　はい！　がんばってトライはしてみます。

寂聴　小説を書き始めたばかりの人は、1人の編集者に会ってもらうことだって大変なのよ。それなのに、書いてみたらと勧めてくれる編集者がいるなんて、めったにあることではありません。

まなほ　それは全部、先生の七光りのおかげですよ。ネットでも「コバンザメ」って、言われましたし（笑）。

寂聴　コバンザメ、けっこうじゃない。おうおうにして、そのコバンザメが宿主《しゅくしゅ》より輝くようになるのよ。

まなほ　でも先生、最初はコバンザメがどんな魚かご存じなかったんですよね（笑）。

寂聴　小判がついているサメなんて、なんかかわいいじゃない、なんて思っていたけど、写真を見てびっくりした。

まなほ　ずいぶん気に入ったみたいで、最近は悪口にも使いますよね。

寂聴　「まなほ、このコバンザメめ！」って（爆笑）。

まなほ　私たちのやり取りを聞いて、寂庵に来た編集者さんたちも笑ってましたよ。

「瀬尾さんとケンカしたり、笑ったりしているのが、先生の活力になっているのですね」って、フォローしてくださいましたが。

寂聴　関西には「日にち薬《ぐすり》」（※月日の経過が薬代わりになること）という言葉があるけれど、寂庵の場合は「ケンカ薬《ぐすり》」かも。

まなほ　「笑い薬《ぐすり》」もありますしね（笑）。

寂聴　小説の話に戻ると、まなほのエッセイは天性の才能で書いているけれど、もっといろいろなジャンルの小説を読んでいけば、必ず「あ、こういう作品を自分でも書きたいな」というものとぶつかりますよ。

まなほ　はい。寂庵に来て、以前よりは本を読むようにはなりましたけど、先生がおっしゃる〝読む〟というレベルには達してないと思います。

ですからいまは「本がすき。」とか、ネットの書評サイトを読んだりして、新しいジャンルの本を探しているところなんです。

2018年5月、瀬尾さんは
母校・京都外国語大学で講演を行いました。
寂聴さんとの出会い、
自信を取り戻させてくれた言葉、
そして感謝の思い……。
新入生たちに語った内容を紹介します。

特別章

「瀬戸内寂聴が、私の中に眠る才能を開花させてくれました」

～瀬尾さんが母校で語った寂聴さんとの絆

森田記念講堂で壇上に（写真提供／京都外国語大学）

皆さん、こんにちは。瀬戸内寂聴の秘書の瀬尾まなほです。

私が、ここ京都外国語大学を'11年に卒業してから、いま7年がたちます。卒業と同時に、瀬戸内寂聴が嵯峨野に開いた寺院・寂庵で働き始めました。

なぜ私が瀬戸内の秘書になったのか？

瀬戸内寂聴とはどういう人なのか？

いま瀬戸内と私は何をしているのか？

今日は、そういったことをお話ししたいと思います。

私はこんなに大勢の前に1人で立ったこともありません。果たしてうまくしゃべれるのかな、皆さんが寝ちゃわないかな、と心配なのですけれども、がんばって話します。最後まで聴いていただけるとうれしいです。

無視されていた中学時代

今日、久しぶりに母校に来て、学食を食べました。私が在学していたときは、天かすを卵でとじた「天かす丼」が人気でしたけど、今はもうメニューになく、

「カフェごはん」というすごくおしゃれなものに変わっているのにびっくりしました。それを注文したら量がものすごく多くて、食べきれずにちょっと残しちゃったんですけど、学生のときはこれを全部食べていたんだなと思うと、現役の皆さんはやっぱり若いんだな、自分も年とったなと、感慨深いものがありました。

最初から、話が脱線してしまいましたね（笑）。それでは私がなぜこの外大に入ったかというところから、私のキャンパス生活を話そうと思います。

私は中学生のとき、クラスでみんなからハブられていた（※無視されていた）時期がありました。誰にも口をきいてもらえなくて、すごくつらくて、恥ずかしいし、相談する友達もいなくて、ふさぎ込んでいました。でも、学校に行かずに1日でも2日でも休むと、もうそのまま不登校になってしまいそうな気がして、毎日つらい気持ちで学校に通っていたのです。

そんなとき、たまたま家でアメリカの高校を舞台にしたテレビドラマを見て、「何てアメリカの学生は自由なんだろう」と、びっくりしました。

私の中学校は兵庫県の田舎にあったのですが、「こんな狭い田舎の中学校で、私はこれからもずっと、人の目を気にしながら、縮こまって生きていかなければいけないのは嫌だ」と、思ったのです。

「アメリカの高校に3年間留学したい」という目標が湧いてきたのは、そのときでした。その気持ちを父にうちあけたのですが、「留学にはすごくお金がかかるので、それはできない」と言われたため、それならば英語を多く学べる国際系の高校に行こうと、目標をチェンジしました。

私が見つけたのは、1年間の留学制度があり、留学先で取得した単位も高校の単位として認めてもらえる高校です。一生懸命受験勉強をしてそこに進学しましたが、残念なことに当時はアメリカ留学枠がなく、隣国のカナダの高校に留学することにしました。

カナダ人の彼氏ができるはずだったのに

日本を発《た》つときは、自分が日本人留学生ということですごく人気者になれるんじゃないかとか、カナダ人の彼氏ができるんじゃないかとか、すごくワクワクして行ったのですけれども、その高校のある町にはアジア系の人が少なく、アジア人への偏見もあったりして、最初は友達もできず自分が思ったような高校生活にはなりませんでした。

そのためにホームシックにもなりましたし、英語が話せないのでこんなおしゃべりな私がどんどんしゃべらなくなって、「私ってこんなに物静かな性格だったのか」というような時期もありました。

ですが、だんだん相手の言葉を耳で聞けるようになり、自分もしゃべれるようになってきて、クラスメイトとのコミュニケーションがとれるようになりました。

その高校にはいろいろな国からの留学生がいました。中東のドバイやサウジアラビア、アジアの韓国や台湾、東ヨーロッパのポーランド、ドイツ、ラトビアそしてメキシコ……、いろいろな国の友達ができたのが、いまでも私の財産だと思っています。

あっという間に1年が過ぎて帰国したら、今度は大学進学が迫っていました。

当時、海外留学をしたいという夢をすでに果たしてしまっていた私には、あまり明確な目標はなく、「せっかく留学してきたし、外国語系の大学かなぁ」といった軽い気持ちで、この京都外国語大学と関西外国語大学のオープンキャンパス（※学校説明会）に行きました。

どちらの外大にしようかなって、皆さんの中にも悩んだ方がいらっしゃると思うのですけど、私は母の「京都外大のほうが街中にあって、便利だよ」の一言でここに決めたのです。

大学をやめようと考えたことも

この大学の目の前に青いマンションがありますよね。私、入学当時はあそこに住んでいました。なので、もうギリギリまで寝ていて、授業の始まるちょっと前に道を渡って教室に駆け込むという感じでした。

そのときは彼氏がいたりして、ダラダラした生活を送っていました。田舎から京都に出てきた私には、すごくおしゃれな人が周りにたくさんいるように思えたのです。

四条河原町などにはおしゃれなカフェやレストラン、そして服屋さんもいっぱいあって、そんな街並みを見て歩きながら、「おしゃれっていいなぁ。何かアパレルの仕事をしたいなぁ」と、思うようになったのです。

次第に「アパレル系の服飾専門学校に行きたい」という新しい夢が芽生え、そのことを父に相談しました。すると、

「今すぐ外大をやめる必要はないよ。とりあえず1年間休学して、アルバイトでもいいからアパレルの仕事をしてごらん」

と、アドバイスを受けました。

それで2回生になる前に1年間休学して、河原町のカフェやアパレルショップで働いて、いわゆるフリーターになったのです。その間は両親の仕送りがなく、自分で働いて家賃や食費を払っていました。本当は友達と遊んだりもしたいし、おしゃれもしたいのですが、経済的に両方は無理です。風邪をひいて高熱で寝込んでいるときに頭をよぎるのは、「ヤバイ、今日休んだら給料が減って、家賃が払えなくなる」という不安だけでした。

それでもいろいろなアパレルやカフェで働けたことで気が済んだのですね。

「やっぱり大学は卒業しよう」という気持ちになれたのです。

2回生から復学をしたら、もちろん友人たちは1年上の3回生です。私が在学していたころは3回生はみんな早くから就活をし始めていて、私にとっては遠い存在でしたし、クラスメイトは知らない人ばかりで、自分だけポツンと浮いた感じでした。

そんなとき、京都の大学には「単位互換制度」、ほかの大学の授業を受けても京都外大の単位にしてもらえるという制度があることを知って、私はほかの大学で2つ授業を受け始めました。

1つは広告の授業です。たとえばユニクロのCMとか、だれでも聞いたらわかるような人気CMを制作した方たちが講師に来てくれて、毎回グループワーク形態で授業を進めていくものでした。

もう1つ受けたのは現代詩、ポエムの授業でした。京都外大の外国語だけじゃなくて、広告やポエムとかの授業を受けられたことが、私にとってはすごく刺激的で楽しかったのです。

今日ここへ来る前に、その単位互換制度がまだ生きているのかなと思って調べてみましたら、まだ続いていました。ここにいらっしゃる皆さんもせっかくほかの大学の授業を受けられる制度がある京都で学んでいるのですから、ぜひそれを使ってほしいな、と思います。

京都は狭い町に多種多様な大学がたくさん集まっていますよね。せっかくですから、もっといろいろな大学の授業を受けて、そこでも新しい友達ができたら、さらに素晴らしい学生生活になるのではないでしょうか。

京都外大ライフでの、唯一の後悔は

あと1つ、京都外大に入ってよかったことは、外国語漬けの授業が毎日続くことです。

皆さんはまだ新入生なので、英語をよくしゃべれる人と、ほとんどしゃべれない人がいると思います。相手が話す英語を理解できない、外国人の先生が授業で何を言っているかわからない、という人もたくさんいるでしょう。でも、その人が2回生、3回生になると、先生の言葉が自然にわかるようになったり、英語の質問にもスラスラ答えられるようになったりします。

外大では、毎日毎日英語漬けで授業を受けるので、たとえ海外留学をしなくても英語はしゃべれるようになるんだな、ということを実感しました。

私が「海外旅行に行こうよ」と誘うと、うちの両親はちょっと億劫《おっくう》な反応を示します。ハワイやグアムなら日本語が通じるからそうでもないのですけど、まったく日本語が通じない国に行くのは、英語がしゃべれないと気持ち的に重くなるのです。

ここにいる皆さんが4回生になって卒業するときは、もう英語はある程度しゃべれて聞けるという状態ですから、きっと、どこへ行くのも億劫じゃなくなります。

現在、英語は国際語として非常に多くの国で通用しますけれども、外大には英米語学科のほかに、ドイツ語、フランス語、スペイン語、イタリア語、そして英米語に次いで世界の広範囲で通用する中国語学科などもあります。

今のグローバル社会では、英語プラス、ほかの言語がしゃべれるのが当たり前になっています。それを日本で修学できるというのは、外大の最大の強みだと思います。

そのように楽しい思い出のいっぱいあった外大生活でしたけれども、いま私が後悔しているのは、サークルに入らなかったことです。

初めは美術部に入ったのですけれども、雰囲気が濃すぎる人がいっぱいいて（笑）、「ちょっとここは無理だな」と、やめてしまったのです。いま思えば、サークルで3年間、4年間と、同じ仲間と一緒にいろいろなことをするのは、すごく楽しいことだったのだろうなと思います。

この時期は、外大のサークル勧誘も落ち着いてきたでしょうけれども、同じ京都の他大学のサークルでも参加できるところがいっぱいあります。そちらにも積極的に参加することをお勧めします。

就職活動で大きな挫折感を

私は就職活動で大きくつまずきました。

周りの学生はみんな入学した早い段階から「航空会社のCAになりたい」

「金融系の会社に入りたい」「広告系に行きたい」などの、しっかりとした目標を持っていました。

ダブルスクール（※大学に在籍しながら別の専修学校に籍を置いて学ぶこと）をしたり、資格を取ったり、目標に向かって突き進んで行く人がたくさんいた中で、私だけは「何が何でもこれがしたい！」という目標を持っていなかったのです。

自分が将来何をしたいのかわからないまま、「京都の家から通える職場がいいな」「営業職はたぶん無理だろうから、事務職だな」と、「京都の事務職」に絞って就職活動をしていました。

ここの企業に入りたい、こういうふうな仕事がしたいというビジョンが全くないので気持ちも燃え上がらないし、就職活動といっても何からやったらいいのかわからないような状態でくすぶっていました。

しかも、みんなのように大学にいる間にサークル活動をしたりとか、TOEICの勉強をしたりとかもなかったので、エントリーシート（※志望動機などを書いて会社に提出する書類）に自分の経歴を書くときも、ほんとうに内容がスカスカでした。

　確かにいろいろなアルバイトはしていましたけれど、「アルバイトを2～3個かけもちしていました」なんて書いてもしょうがないから、書くことが何もないのです。

　それでも初めのうちは、「アルバイトの面接もたくさんしてきたけれど、ほとんど受かってきた。会社だって面接までいけば採ってもらえるんじゃないか」という自信があったのです。でも、まずエントリーシートでふるいにかけられて、面接まで進めません。

「ああ、紙だけで判断されてしまうんだ」と、あらためて自分のスカスカのエントリーシートを見て、「私って、自分が思っている以上に何もない人なんだ」という劣等感を抱き、まったく自信がなくなりました。

　男子と女子で、最終面接までこぎつけても、やっぱり（女子である）私が落とされることもあり、もう最後のほうは就活そのものがイヤになってしまい、就職が決まっている友達にも会いたくなくなってきて、「ああ、どうしようかなぁ。もう契約社員でもいいかな。派遣でもいいかな」と、ほとんどあきらめていました。

「瀬戸内寂聴……、えっ、あの尼さん？」

そんなある日、私の高校のときの友人から電話がありました。友人は京都・祇園《ぎおん》のお茶屋さんでアルバイトをしていました。芸妓《げいこ》さんや舞妓《まいこ》さんがお客様と遊ぶお座敷に料理を運んだり、お酒を用意したりする「お運びさん」という仕事です。

その友人が、

「まなほ、まだ就職決まってないよね。まなほにさ、ぴったりのところがあるんだよね。何かパソコンが使えたらいいぐらいなんだけど、どうかな？」

と、言うのです。

「え、ちょっと待って！　もっと詳しく教えて？」

「おかみさんから詳しくは教えられないって、口止めされてるの。だけど、まなほにぴったりだから、絶対会ったほうがいいよ」

そんなこと言われても、もう少し詳しく聞かないと怖いし、そのころの私は祇園の格式や伝統のことを知りませんから、「詳細を教えられないなんて、もしかしたらヤクザ関係かな……」という不安もちょっとあったんです（笑）。

それでさらに懇願すると、友人は「絶対ほかの人には言わないでね」と前置きして、「瀬戸内寂聴さんのところだよ」とだけ、教えてくれました。

後で知ったのですけど、そのお茶屋さんは出家する前の瀬戸内が常連として通っていた祇園でも老舗の「みの家」さんでした。瀬戸内晴美の名前で祇園に生きる人々の色恋を描いた小説『京まんだら』（講談社文庫）の舞台にもなっていました。

ちょうど私が就活に挫折していたタイミングに、その「みの家」へ顔を出した瀬戸内が、おかみさんに、

「うちのスタッフに若いコが欲しいの。おかみさん、誰かいない？」

と、相談して、おかみさんが「お運び」の私の友人に声をかけ、友人はパッと私を思い出して電話をしてくれたのです。

瀬戸内寂聴の名前が出た瞬間、私は、「え、あの尼さん？」と聞き返してい

ました。そのころの私はあまりテレビを見ませんでしたし、純文学もほとんど読んでいませんでした。ですから瀬戸内が小説家ということすら知らず、「尼さん」ぐらいの認識でした。それで、「え、私が知っているということは、たぶん有名人なんだ」と気づきました。

友人には口止めされていたのですけど、帰ってすぐに母に相談したら、いつも冷静な母が「エーッ！」って、腰を抜かしそうなほど驚いたんです。「母がこんなに驚くなんて、やっぱり超有名人なんだわ。もう私、ここに就職する」

と、勝手に自分の中で決めていました。私ってかなりミーハーですよね(笑)。

履歴書を送って、面接をしてもらったのが卒業1カ月前の2月。嵯峨野の寂庵で初めてお会いしたのです。そのとき88歳の瀬戸内は歩行器を使っていました。

88歳って……、こんなことを言ったらダメですけれど、もう死んでいてもおかしくない年じゃないですか。「ここに就職しても、あとどれぐらい働けるのかな」という危惧もあったのですけど、当時の私はそんなことを言っていられない状況ですし、とりあえずどこかに就職したいと思っていました。……それにスーパー有名人ですから、「何か楽しいことがありそう」というワクワク感もありました（笑）。

「〝私なんか〟と言うコは寂庵には要りません」

もちろん私は相当緊張していたのですけど、瀬戸内がすごく気さくなので、すぐに和みました。

「パソコンを使えるの？」とかの簡単な質問がいくつかあって、さらに「彼氏いる？」とかの、「え！　それって仕事と関係ないですよね」というような質問が続きました。

そして、「これ、あなたが来たら食べようと思っていたのよ」と、ゴディバのチョコレートを出してくれました。私、それまでゴディバの実物を見たことがなかったので、それだけでもテンションが上がって、すごく喜んで食べまくりました（笑）。

瀬戸内はそんな私を、あのまん丸い笑顔で見守っていて、帰り際に言ったのです。

「じゃ、来月からおいでよ」

振り返ってみても、女友達というのは本当に頼りになります。祇園でアルバイトをしていた彼女が、就活で困っている私を思い出してくれたおかげで、私は縁もゆかりもなかった瀬戸内と出会えたのです。

私が働き始めたころの寂庵には5人のベテランスタッフたちがいて、ほとんどがもう20年、30年と瀬戸内のもとで働いている、自分の母親より年上の方ばかりでした。

そこに23歳の私がフワ～ッと入ったのですけれども、皆さんすごくよくしてくださって、お茶の入れ方、出し方とか、掃除の仕方とか、いろいろなことを優しく教えていただきました。

ただ、そのころの私はまだ就活のときの自信喪失状態を引きずったままでした。

寂庵には編集者やいろいろな文化人がひっきりなしに訪ねてきて、そのたびに、「若いコが入ったのよ。かわいいでしょう」と、瀬戸内が紹介してくれるのです。でも私には「ただ20代というだけで、自分には何の取りえもない」という気持ちがあって、どういう態度をとったらいいのかもわかりませんでした。

ですから何か重要そうなことを「これやってみて」と言われたときに、いつも「私なんか無理ですよ」「私なんかでは絶対にできません」などと、「私なんか」という言葉をしょっちゅう使っていたんですね。

そんなある日、何かの折にまた「私なんか」を使った私を、瀬戸内はピシャッと叱りました。

「〝私なんか〟と言うコは寂庵には要りません。まなほは、この世の中でたった1人の貴重な存在なんです。〝私なんか〟という言葉はたった1人の自分に失礼でしょう。そんなことを言うなら、寂庵を辞めなさい」

怒られながら、実は私、すごくうれしかったのです。私のために怒ってくれたのだと。人に怒られてうれしかったことは、これが初めての経験でした。

そのころから瀬戸内は、何かあるごとに、私のことをすごくほめてくれるようになりました。

春の革命――先輩たちが全員退職

寂庵で働き始めて3年がたった25歳のとき、ベテランの方々全員が突然、「私たちを辞めさせてください」と、言い始めました。

それはなぜでしょう？　寂庵はお寺としてお金儲《もう》けをしていないので、寂庵ができて以来ずっと赤字でした。だからスタッフの給料は、瀬戸内が連載している新聞の原稿料や出版した本の印税から払っていました。

しかし90歳を超えた先生が1人で大勢の人間を養い続けるのは大変で、荷が重すぎます。それを気遣ったみんなが、

「これまで私たちは十分よくしていただきました。もう辞めさせてください」

そう瀬戸内に申し出たのです。

「せっかくこれまで一緒にやってきたのです。もう私も長くないから、みんな最後までいて」と瀬戸内は引き留めたのですけれど、「もう先生、ゆっくり休

んでください」と、5人が一度に退職し、私が秘書として残ることになりました。

瀬戸内から「まなほ、できるわよね?」と聞かれたとき、「えっ、この瀬戸内寂聴という人を私が支えるの? 25歳の私が1人でやっていけるの……」という不安とプレッシャーが、ドシッとのしかかってきました。

「1人でなんて、私にできるかなぁ」と、お風呂で独り言を言いながら何度も泣いて、とうとう父のところに、「どうしたらいいのかわからない」と、相談に行きました。

すると父は、

「先生はまなほに、完璧は求めてはいないと思う。だからやってごらん。失敗したって死ぬわけじゃないから」

「あ、そうか。先生は25歳の私が完璧にできるなんて思ってないよね。もしかしたら私がここで何か変わるかもしれない、大きく成長できるかもしれない」

そう思いなおしました。そして先生との二人三脚の新しい日々が始まったのです。

「人間はいくつになっても生活を変えられる」

広い寂庵に、瀬戸内と私しかいないのです。

長年したことがない皿洗いとか雨戸の開け閉めを瀬戸内がしたりして、2人でてんやわんやしていて、2人とも同時に疲れが出て倒れて、病院で2人並んで点滴を打ったりもしました。

そういうことをしているうちに、私より若い女性が寂庵にスタッフとして入ってきてくれたり、さらにベテランの方もお堂を守る係として復帰してくれたりして、なんとか生活も落ち着いてきました。

再出発の中で、あれこれ指示しなくても阿吽《あうん》の呼吸で何でもちゃんとやってくれるベテランがみんな辞めていくこと、新しい生活に変わることに対して億劫にならないのかということなど、私がそうしたことを話題にすると瀬戸内は、「人間は何歳になっても生活を変えられるのよ。それに私は、ちょうどいい感じの生活になったときに、それを打ち破りたくなる。何かを変えたくなる。改革したくなるの。人間はたとえ90歳になっても、現状を変えたりすることができるのよ」

そう言うのです。

瀬戸内には、とてもいい状態なのに、それを壊して、大変なほうを選ぶ、いろんなことを変えていくというすごい力があります。

90歳にもなってそんなことができるのは大変なことです。寂庵では、ベテランの皆さんが一斉退職したときのことを、「寂庵　春の革命」と呼んでいます。大げさなんですけど、いままであった生活をガラッと変える、それは本当に「革命」でした。

「瀬尾さんにしか書けない寂聴さんがいる」

「春の革命」があってから、私と瀬戸内の間の距離はグッと縮まりました。

それと同時に、それは瀬戸内だけかもしれないのですけど、小説家だけあって私が話したことを何かすごく盛って、話をつけ加えて、いろいろな人に話してしまいます。

それで私が誤解されて、「えっ、私そんなことは言っていないのですけど」というようなことが度々起きました。

また瀬戸内の耳が遠くなっていることもあって、私が伝えたかった真意がちゃんと伝わっていないようなこともよくありました。そこで私は手紙を書いて、瀬戸内の仕事机の上に置いておくようにしたのです。

いくら忙しい瀬戸内でも、小説家はものを書くのと読むことのプロ。手紙ならちゃんと自分の思いが伝わるのではないかと思ったのです。

ときには感謝の気持ちを伝えたり、ときには「先生はこう受け取られたようですけど、私はそういうつもりではなかった。本当はこう言いたかったのです」というようなことを書いたりもしていました。その手紙の内容に関して瀬戸内は、何も言わずに、ただ読んでくれていただけなんですね。

そうこうするうちに瀬戸内が文芸誌に連載していた『死に支度』という題の小説が講談社から出版されました。

連載の最終回で私が「モナ」という名前で登場していて、私が瀬戸内に出した手紙を「モナから先生へ」という見出しで、そのまま小説の中で使ってくれていたのです。

出版社の編集者が寂庵に来ると必ず、「これ、まなほの手紙をそのまんま使ったのよ」と瀬戸内が言ってくれたおかげで、編集者の方々が小説の手紙を私が書いたと知ってくれました。

そして'17年の年明けに編集者の方から、「瀬尾さん、よかったら本出しませんか」という提案をいただいたのです。

「私が？」と驚いたのですけど、「瀬尾さんにしか書けない寂聴さんがいますよね。それを書いてください」と、言ってくださり、それを瀬戸内に伝えたとたんに、「やったね！」と、瀬戸内と私はもう跳んで跳んで、すごく喜びました。

それから、共同通信社といういろいろな情報やニュースを全国各地の新聞社に発信する会社があるのですけれども、その記者の方からも、「連載をしてくれませんか」というお話をいただきました。

文学とは全く無縁だった私が突然、全国の地方紙に毎月1回、「まなほの寂庵日記」という連載をさせてもらえるようになったのです。

憧れの篠山紀信さんに撮影してもらった

私は瀬戸内寂聴の小説を1冊も読んでいなかったのに、その秘書となって、毎日がすごく楽しくて、瀬戸内のことがすごく好きなので、その瀬戸内を支えることが自分の天職で、こんな幸せなことはないって思っていたのに、さらに「本を書きませんか」という思いがけないお話をいただいたのでがんばりたい、と思いました。

それから約10カ月かけて、私が見た瀬戸内の魅力、すごさ、尊敬するところとか、自分がこう感じたということをすべて書きました。

それが『おちゃめに100歳! 寂聴さん』という、この本です。（本を掲げて）このカバーは写真家の篠山紀信さんが撮影してくださいました。

瀬戸内が『婦人公論』（中央公論新社）の表紙の撮影で、篠山さんに撮ってもらっているのをいつも私はスタジオの端から見ていて、「うらやましいなあ、

私もいつか撮ってもらいたいなあ」と思っていたのです。

　まさか自分の本のカバー写真を篠山さんに撮っていただけるなんて、大感激でした。

　この本の表紙のイラストは、私が描いたイラストで、本文の中にも、イラストを描き下ろしさせていただきました。すごく分厚いように見えるんですけど、簡単な文章で書いているので、すごく読みやすいと思います。

　でも私はまったくの素人で、名前は知られてないし、本が出ても売れるわけないと思っていました。

　これは偶然の一致なんですけど、私の本が出た半月後に瀬戸内の『いのち』という長編小説が講談社から出たものですから、「一緒にがんばって、宣伝しよう」と、私たち2人でテレビに出ることにしました。

それまで瀬戸内はあまり民放のテレビ番組に出なかったのですけれども、「まなほのためだったら、東京にも出て行くよ」と言ってくれたので、2人一緒に十数本の番組に出してもらいました。

瀬戸内が忙しくて出演できないときにも、明石家さんまさんの番組に私1人で出たり、『セブンルール』（フジテレビ系）という、私個人の密着番組にも出させてもらいました。

さらにうれしかったのは、今まで愛読していたファッション誌の『JJ』『STORY』『Oggi』『anan』『Domani』『CLASSY.』などの雑誌に、自分が出られたことです。

「よいところが何もないという人は誰一人いません」

テレビに新聞に雑誌にと本当にたくさんの取材を受けて、いろいろな経験をして、そのおかげもあって、半年足らずで18万部、たくさんの人に読んでいただいている本になりました。

寂庵に入ったころは「自分は何もない」「私なんか」と思っていた私が、瀬戸内の秘書に起用され、「まなほの手紙って、すごく素直でいい文章だよ」と、ほめてもらったことによって、「書く」ことに目覚めたのです。

つまり瀬戸内に出会って、ほめてもらって、書くという楽しさを教えてもらいました。自分で言うのはちょっと言いすぎかもしれないのですけど、私自身も知らなかった私の中に眠っていた才能を瀬戸内が見いだし、開花させてくれたのです。

実は母校で話をしてくれというお誘いを受けたとき、一度はお断りしました。人前で話す自信がなかったのです。ですが担当者の方に熱心に依頼していただき、学生の皆さんに話すことはとても意味があると思い、引き受けました。でもいざ本番が近づいてくると不安になって、私は瀬戸内に頼みました。

「うまく話せるかどうか不安です。一緒に来てください」と。

そうしたら、「大丈夫。まなほならできるから、1人で行きなさい」と背中を押してくれました。そして、

「あなたの母校の学生さんに伝えてほしいことがあるの」

と、言われました。

その瀬戸内からのメッセージをお伝えします。

《自分にはよいところが何もないと思っている人がいますけれども、人間として生まれた以上、よいところが何もないという人は誰一人いません。それに気づいていないだけか、あるいは、その才能がまだ芽を出していないだけなのです》

瀬戸内は「自分は料理が好き、走るのが好き、服を見て歩くのが好き……、その〝好きなこと〟がイコールその人の才能だ」と、よく言います。

それでは、それを職業にできるかできないか？　好きだけでは食べていけないから、やっぱりちゃんと仕事をしたほうがいいと思う人がまだまだ多いかもしれませんけれども、いまは好きなことが仕事になる時代になりました。

大きな会社に所属していないと生活ができないのかというと、そうとは限りません。たとえば、自分のインスタグラムにたくさんのフォロワーがいる人は、自分の生活の一部をインターネット上にアップするだけでお金がもらえて、立派に暮らしていけます。いまは好きなことが仕事になる時代なのですから、好きなことをやったらいいと、私は思うのです。

たとえば、いまの瀬戸内寂聴は尼さんというイメージがすごく強いのですけど、小学3年生のときに「小説家になりたい」と思って、作家となり、いまも現役で仕事をしています。

寂庵に来て、そんな瀬戸内が原稿を書く姿を間近で見てきました。

瀬戸内とは比較の対象にもなりませんけど、私も本や随筆を書いてみてわかったのは、「小説や随筆の原稿を書くのは簡単なことではない」ということです。

400字詰め原稿用紙1枚を書いて原稿料はいくらいただけるのか？ 本当に少ない金額で、たとえ1カ月に何十枚書いても生活できません。

1年がかりで長編小説を出版しても、純文学は3千部売れるか売れないかというのが出版界の現状です。

小説を書いて生活をしていくというのはすごく難しいことなんですけれど瀬戸内は、

「原稿料が1枚何円かなんて気にしていたらやっていけないのよ。いままでそんなこと考えたことは一度もない。書くのが楽しいから書いている。もっともっといいものを書いていきたい。ペンを持ったまま原稿用紙に突っ伏して死ぬのが私の夢なのよ」

そう言い切ります。

瀬戸内が小学3年生のときの気持ちを持ったまま96歳のいまも書き続けることができるのは、小説を書くのが何よりも楽しい、好きだからなのですね。

「『おかしい』と声に出して言わないとダメ」

瀬戸内は書斎の机の前に座って小説を書いているだけではありません。たとえば原発再稼働問題について、戦争放棄を明記した憲法第9条を守る運動について、あるいは安全保障関連法案が国会に提出されたときなど、瀬戸内は必ず自分の意見を発言しています。

その方法は新聞への寄稿だったり、テレビのインタビューだったり、もしくは車いすに乗ったまま街頭デモや集会に参加したりとさまざまです。

2015年6月、安全保障関連法案に反対する市民団体の集会に参加

私は瀬戸内と出会うまではデモとかストライキとは全く無縁でした。私の父も学生運動を経験したことがなく、私もたとえ自分が通っている大学に不満があったとしても、みんなから署名を集めるとか、改革を求める運動をするとかいうことは、まったく頭に浮かびませんでした。

ところが瀬戸内は背骨の圧迫骨折などで車いす生活になっても、東京で安全保障関連法案反対集会やデモ行進があると車いすに乗って参加して、そこで自分の意見を話します。しかも、全額自費です。

どこの政党にも属さず、ホテルの宿泊費とか交通費とか、どこからも出してもらうわけではなく、「私1人で行く！」と言い出すのです。

「待ってください！　明日は出版社の人が打ち合わせに来るんですよ」と引き留めても、「いますぐ電話して、お断りして」と……。

「私は日本の平和が脅かされたり、どこかで戦争が起こったりしたとき、そのたびに必ず自分の意見を述べてきたの。今回、たとえ自分の体が病気だったとしても、それを理由に何もしないのは、いままでの私の行動に反するから嫌なのよ」

そんなことを言って、聞き入れてくれません。

私は出版社の人に「すみません、すみません。ちょっと明日のお約束は無理になりました」と謝って、急いでホテルと新幹線を予約して、瀬戸内について東京へ向かいます。

それは国会議事堂周辺だったり、大きな広場だったりと、さまざまです。

そこに全国から何万人もの人が集まって、反対運動をしていました。国会前の坂道を家族づれ、お年寄り、大学生らしい若いカップル……、さまざまな年代の人々が政府への反対の声を上げながら歩いています。

国会周辺での護憲集会は、10万人以上の老若男女のエネルギーでむせ返っていました。瀬戸内の車いすを押しながら、私は考えました。

こんなにたくさんの国民が反対を表明しているのに何で政府はその声を無視するのですか?

何で強行採決してしまうのですか?

1千万人以上の署名を集めて、何度陳情をして、何度デモをしても、政府も社会も何も変わらない。これって、むなしくないですか?

そして何だか悲しくなって、瀬戸内に問いかけたのです。

「先生、いくらこんなことをしたって、政府は何も変わらないのに、むなしくなります」

「私だってわかっているのよ。私がここで発言したって、デモ行進したって政府が簡単に変わるなんて思っていません。でも、おかしいと思ったことは『おかしい』と、声に出して言わないとダメなのです。

原発再稼働にせよ、戦争を可能にしてしまう法案にせよ、反対した人がいた、ということは歴史に残るでしょう。それが大切なことなのよ」

私の目をまっすぐ見て、そう瀬戸内は言いました。

言っても変わらないからと黙ってしまってはいけない。おかしいことは「おかしい」と言う権利があるし、政治のことは政治家に任せておけばいいわけではない、ということを、瀬戸内は私に教えてくれたのです。

瀬戸内はいつも「忘己利他」という仏教の言葉を口にします。それは「自分の損得を忘れて、人のために何かをする」という仏教の言葉です。

瀬戸内寂聴という人は、小説は自分が好きだから書き続けています。でもほかのこと、たとえばイラク戦争のときイラクまで医薬品を自分で届けに行ったのも、法話の会や写経の会を開くのも、抗議デモや反対集会に参加するのも、自分のためでなくて、すべて人のためにやっているんだな、誰かのためにしているんだなと……、デモの帰りの新幹線の中で眠りこけている瀬戸内の小さな体を見守りながらそう思って、ますます私は瀬戸内を尊敬しました。

「私の人生は瀬戸内寂聴との出会いで変わりました」

私たちの未来は無限大です。そして人の出会いが私たちの人生を変えます。最初に言いましたように、私が大勢の人の前で話をするのは今日が初めてです。それで、何を皆さんに話したいのかなと考えてみました。

寂庵に入る前の私には自分というものが何もなかったし、自信もなかったし、まさか母校で皆さんを前にこんなふうに偉そうに話すなんて、夢にも思っていませんでした。

寂庵に入る前の私は、そのへんの会社に就職して、そこで出会った人と結婚して、子供を産んでというぐらいのことしか、自分の未来を思い描けませんでしたし、それが当たり前だと思っていました。

そんな私が当時88歳の瀬戸内寂聴という人と出会っただけで、こんなに人生が変わりました。誰もがそれを望んでいるわけではありませんけれども、私と同世代の人のうちの何人が自分の本を出版して、テレビに出演して、こうやって人の前で話せるのでしょうか。

人生の中で何がいちばん大切かと考えると、それは人との出会いです。

もちろん勉強することも大切だし、資格を取ることも大切だし、お金を稼ぐことも大切です。しかし、その3つがそろったとしても、人生を変えてくれる人に出会えるという保証は一切ないのです。

たった1人の人との出会いで、こんなに人生が変わるということは、私だけではなくて、誰にでもありえることだと思います。

それはたとえばアルバイト先の店長であったり、恋人だったり、友達だったり、あるいは街中でたまたま道を聞かれた人かもしれない。

どんな人に出会うかによって人生がどう変わっていくかわかりません。自分がある人と出会ってしまったからって、そこで終わりではなくて、その人から別の人、またさらに別の人へと、人のつながりは枝分かれするように広がっていくのです。

人との出会いは、お金では買えません。それは予測もできません。出会える保証もありません。

でも、人との出会いで私たちの人生は大きく変わる、それをいま本当に実感しています。

「自分の夢は、口に出して言いましょう」

私が皆さんにすごく言いたいのは、とりあえずいろいろなところに行ってほしい、いろいろなものを見てほしい、いろいろな経験をしてほしいということです。
私の座右の銘は、
《1つでも多くの場所に行き、多くのものを見て、たくさんの人と出会うこ

と》

18歳や19歳、あるいは20歳になったからもうダメだとか、そんなことはありません。

何でもかんでもやった者勝ちです。

もちろん、やって後悔することもありますけど、やらない後悔よりはやった後悔のほうが私はいいと思うのです。いろんなことをやって1つでも多くのことを経験したほうが人生は潤うし、多くの人と出会っておけば、きっと自分の財産になります。

そして、もし自分の夢があったら、その出会った人たちに口に出して言うことです。すると、それを聞いた人がどこかで、思い出してくれます。

「たしか瀬尾さん、こう言ってた。じゃあ、この仕事は瀬尾さんに頼んでみようかな」「瀬尾さんはこれが好きって言ってたよね。じゃあ瀬尾さんにこれをあげようかな」

自分がしたいこととか好きなことは、口に出して言いまくったほうが勝ち。そうすると、誰かがそのチャンスをくれたりするのです。

最後になりますが、皆さんはまだ学生でお金がないかもしれませんけど、アルバイトをしてでもたくさん旅行をしてくださいね。日本だけでなく海外のいろんな国に行って、いろんな文化を見て、さまざまな人と出会ってほしいです。それは学生の間だからできることで、社会に出るとなかなかそうはいきません。私は寂庵で働いて7年です。社会人になると、なかなか長い休みが取れません。ですから海外旅行には、ずっと行けませんでした。

でも30歳のうちにイタリアに行くというのが夢だったので、年明けから50回ぐらい瀬戸内にお願いして、来月に1週間の休みが取れて、やっと行けることになりました（笑）。

時間が作れる学生のうちに「弾丸旅行」でも「貧乏旅行」でもいいですから旅行に行ってってください。

かつての私がそうであったように、自分には何の夢もないとか、楽しくないなとか思う人がここにもいらっしゃるかと思いますけれども、まだ皆さんの未来と可能性は無限大です。

とりあえずやってみたいことがあったら、うじうじ迷わないで、すぐ行動に移してください。あなたが一歩を踏み出すことで世界は変わるのです。

どうぞ皆さん、自分の未来にどんなことが起きるのだろうと、それにワクワク、ドキドキして生きてほしいと思います。

今日は長々と私のつたないおしゃべりを最後まで聴いてくださって、ありがとうございます。（会場・大拍手）

※本章は'18年5月に瀬尾まなほさんが母校・京都外国語大学の「言語と平和Ⅰ」の授業で講演した内容を再構成したものです。

現在、婚活中という瀬尾さん。
彼女の結婚の条件から、
寂聴さんの恋愛遍歴、
そして家族愛へと、
話題はどんどん広がっていきました――。

第四章
「お金によって幸せになった人を見たことがありません」
～愛して生きたい

いよいよ話題は2人の〝恋バナ〟に

「あなたから男性にすり寄って口説きなさい」

寂聴　エッセイも出して、テレビにも出るようになって、母校で凱旋《がいせん》講演まで果たして。あとまなほに必要なのは恋人とか結婚相手とか、要するに男ですよね。それほど運命が上向きのはずなのに、いまは男の影がまったくない（笑）。私が気づいていないだけなのかしら。有名になっちゃうとね、男の人のほうがやっぱりおじけづいてしまうのよ。それはもうしょうがないね。

まなほ　おじけづくって（笑）。私自身は、何も変わってないはずなんですけど。

寂聴　有名になってしまったからには、がんばって、あなたのほうからすり寄って口説かないとだめよ。たぶん男からはアプローチしてこない。有名になればなるほど、自分からすり寄らないと。

まなほ　すりすり、すりすりって？（笑）

寂聴　まなほは利口すぎるからね、たとえ付き合っても、相手の男たちがちょっと恐ろしくなるの。あなたは感受性が強いから、相手の気持ちを先回りして読むでしょう、そうじゃなくて、もうちょっとボケたふりをして、すきをつくらないとね。
しっかりしていて強そうですけれども、本当はナイーブで傷つきやすいまなほには、支えてくれる人が必要なの。それなのに支えなんかまったく必要ない女に見えてしまうのよ。

まなほ ……そうでしょうか。

寂聴 まなほは子供が大好きだからね、お姉さんの子供たちもかわいがっているし、やっぱり自分も子供を産みたいんじゃない？
もちろん結婚をしなくても子供は産めます。でも、やっぱり結婚していたほうが育てるのも楽だしね。

まなほ 先生はご自分が家庭を捨てたり、不倫をしたりして、愛することの楽しさも苦しさもたくさん経験したから、私にはそう言ってくださっているんだと思います。
先生は、「不良とか悪い男のほうが魅力がある」とか「離婚は女の勲章」とかいつもおっしゃいますけど、私には、そういう〝茨の道〟を勧めないですよね。でも私には幸せになってほしいというその気持ちは、本当にありがたいと思っています。

寂聴　あなたも、もう30歳になったからね、やっぱり真剣に考えたほうがいいのよ。

まなほ　皆さんからいろいろ紹介していただいたり、自分でも努力はしているつもりなのですが、なかなか人を好きになれなくて……、いまどきでは珍しいのかもしれません。

寂聴　寂庵にも、たくさん男のお客さんが来るじゃない。あなたは「賞味期限が切れた、じいさんばっかり」って、文句ばっかり言っているけれど（笑）。

まなほ　そんなにひどいことは言っていないです！「私にはちょっと年上」って言っただけですよ。

寂聴　あははは。

「孫の嫁にと考えたこともありました」

まなほ　でも私が結婚して、秘書を辞めちゃったら、先生は寂しいと思ってくれます？

寂聴　別に。今日いなくなったって平気です。

まなほ　え？　ちょっと休んだだけですごく怒られるのに、それっておかしくないですか？（笑）

寂聴　あははは、平気平気！

　私の孫に男のコが1人いたでしょう。実は、私はその孫とまなほが結婚してくれたらいいなとひそかに思っていた時期があるの。

まなほ　そんなことまで考えていたのですか？

寂聴　だけど、彼はタイの女性と結婚しちゃったから、もうどうしようもない。

　きっとあのコも、まなほのことは嫌いじゃなかったと思うけれど、タイのコのほうが、よりよかったんでしょうね。

まなほ　まさか自分がお見合いをしているとは気がつきませんでした。

寂聴　あのコは私の孫にしては男前だし、優しいコで、あなたを飲みに連れていってくれたりしていたからね。あ、いいかも、と思っていたのよ。

まなほ　そうですね、とても素敵な方でしたけれど、私と同じ辰《たつ》年で、ひと回り年上でしたから、あまり恋愛対象として意識していなかったんです。いまはそのくらい年上でもいいかな、と思うようになったんですけど。

寂聴　けっこう条件にうるさいタイプだし（笑）。

まなほ　そんなことありません！　恋愛相手として求める条件はたった3つだけです。

寂聴　へぇ、そうだっけ？

まなほ　1つ、優しい人。2つ、仕事を楽しんでいて、かつ仕事に対して情熱を持っている人。3つ、食べることが好きな人。……あと1つは子供と犬が好きな人。

寂聴　いつの間にか、条件が4つになっているじゃない（笑）。
子供はともかく、犬も好きじゃないとだめなの？

まなほ　はい。うちは「よるる（※瀬尾さんの愛犬）」がいるし、動物が好きな人に悪い人はいないから！

寂聴　ドーベルマンを小《ち》っちゃくしたような犬よね。だいたい私は犬が怖いんだけど、よるるだけは初めから怖くなかった。

まなほ　ミニチュアピンシャーという種類です。スマートでかっこいいですよ。

寂聴　私はあんまり動物好きじゃないのに、昔、小説を書くために仕方がなくて猫を2匹飼っていたことがあるの。両方ともずいぶん前に死にましたけどね。

飼っていても「かわいい〜」とまでは思わなかった。よるるも、かわいくはないけどね。でも蹴飛ばすようなことはしない（笑）。

まなほ　そんな露悪的なことを先生はわざと言いますけれど、よるるは比較的かわいがってもらっていると思います。私がよるるを置いて仕事をしていると、寂しがって吠《ほ》えることもあるじゃないですか。

そうしたら、先生の「大丈夫よ。あんたのお母さん、もうすぐ来るからね」とか話しかけている声が、ちゃんと聞こえてくるんです。

たまに吠えすぎたときに「うるさい！」「黙れ！」なんて、よるるに向かって怒っていることもありますけど（笑）。

寂聴　よるるも私と同じくらい年寄りだけど、「あんたのお母さん、もうすぐ戻ってくるよ」って言ったら黙ります。賢いから私が言うことが、ちゃんとわかるの。

まなほ　犬の11歳は人間でいうと60歳くらいかな。先生より全然年下ですから、もっとかわいがってあげてくださいね。

「イタリアでモテないのはよっぽどのこと」

寂聴　さっき、あなたが言っていた条件は恋愛相手についてでしょう。結婚相手だとどうなるの？

まなほ　同じですね。私は恋愛の延長線上に結婚があると思っているので。年齢は下は5歳差まで、上はひと回り上の45歳まで。

寂聴　お父さんと同じぐらいの年は困るのね（笑）。でも、まなほのお父さんはとってもハンサムで若く見えるけどね。

顔立ちはどんなのが好きなの？

まなほ　もちろん顔は格好いいほうがいいですよ、先生みたいにちっちゃい鼻ではなくて、ちゃんと鼻が高い人がいいです（笑）。

寂聴 外国人みたいな顔が好きなのね。

まなほ そして、目が大きい人です。顔だけの理想で言うと、俳優の竹野内豊さんとか、伊藤英明さんとか。絵に描いたようなイケメンが好みです。あくまでも理想ですけどね。

寂聴 さっきの恋愛条件にイケメンはなかったような気がするけれど、また条件が増えている（笑）。

そんなに鼻が高い男が好きなら、外国人にすればいいのに。

まなほ ですから先日お休みをいただいて、遊びに行ったイタリアでがんばってくるつもりだったんですけどね。

寂聴 イタリア人の男には、ろくなのがいないって言われてるよ。

まなほ ほとんどナンパもされませんでした。一緒に行った友人も、「あれ？ おかしいな」って（笑）。

寂聴 イタリアの男は女だったら誰でも愛想よくするんだから、イタリアで声をかけられないのは、よっぽどのことよ（笑）。

まなほ そんな（笑）。もともと私の顔はあまり外国人ウケしないんですよ。

寂聴　あら、そう。もともと外国人っぽい顔だからかね。

まなほ　アジア人っぽいちょっと目が細めな顔のほうが、アメリカやヨーロッパではモテるんです。アジアンビューティ的な。外国人の奥さんになる日本人って、さっぱりした顔の人が多い気がします。やっぱりアジア人らしい顔のほうがモテるんでしょうね。

でもいまの日本ではハーフ顔のほうが人気で、私たちも、カラーコンタクトを入れたり、わざとハーフっぽいメークしたりするじゃないですか。でもあれは外国人には全然ウケないんです。

「牢屋に入っていた人のほうが面白い」

寂聴　そういえば、サッカー選手が好きって言ってたこともあったわね。

まなほ　長谷部誠選手でしたね。でも彼はもう結婚してしまったし。

寂聴　私はイケメンよりも、ちょっと不良の男が好きなの。でも、まなほは気が小さいから、そういう人は怖いのね。

まなほ うーん、何かあまり悪いことしたりとか、言葉遣いが悪かったりとか、すぐキレるとか、そういう系の人はもう無理です。やっぱり穏やかな人がいいですよ。

寂聴 そのくらいの人のほうが、付き合っていて面白いのだけど、まなほはダメなのね。

まなほ 結婚相手ですからね、面白いだけでは結婚できませんよ。

寂聴 でも恋愛だって、全然しないじゃないの。

まなほ 私の場合は恋愛と結婚は同じですから。

寂聴 でも、やっぱり私は男も女も、ちょっと牢屋《ろうや》に入っていたぐらいの人のほうが面白くて好きなの。だけど、まなほは絶対にそういう人はダメなんだから、面白くないね。

もしあなたが結婚しても、その新婚家庭へ行って一緒にごはんを食べたりしたくない（笑）。

まなほ まだ相手も見てないのに、そんなこと言うなんてよくないですよ（爆笑）。

この際ですから言わせていただきますが、先生のいけないところは、その人が目の前にいるときは対応がいいのに、あとで陰口を言うところです。

きっと私が寂庵に恋人を連れてきたとしても、その場ではほめても、おそらく私がいないところで、けなすはずです。

先生があとで「私はああいう人嫌いだわ」とか、「何であんな人を選んだんだろうね」とか言うのをいつも聞いていますからね。

寂聴 へへへ（笑）。

まなほ 長いお付き合いになる女性編集者の方でも、旦那さんや恋人をなかなか寂庵に連れてこないのは、たぶんそれを知っているからです。

自分の旦那さんも先生に悪口を言われるんじゃないかなと警戒してのことだと拝察しています。

寂聴 あはは。拝察しているのね（爆笑）。

まなほ 私だって、自分が好きになった人の悪口を先生に言われたくないですよ。もし陰で何か言われているってわかったら、やっぱりそれは悲しいから。

めったにないですけれど、私をほめてくれるのと同じように、私が連れてきた人をほめてくれたらうれしいのですが。でも、きっと先生は「顔が悪い」

「頭が悪い」「面白くない」とか、ケチばかりつけるでしょうね（笑）。

寂聴　そんなことないわよ。ほめるところがあればほめますよ。でもほめるところがないこともあるでしょう。

まなほ　先生はいつも「お酒を飲みながら、人の悪口を言うのが、いちばん楽しい」って、言ってますしね。

寂聴　悪口も言わないのは、その人のことを、よっぽど無視しているのね。

まなほ　またそうやって、自分のほうが正しいみたいに（爆笑）。

「好きになると、イヤなところも辛抱できる」

まなほ　じゃあ、とりあえず私の結婚相手には、刑務所に入ったことのある人を見つけてくれればいいんですね！

寂聴　そういえば私と対談本（※『死ぬってどういうことですか？　今を生きるための9の対論』角川フォレスタ）を出したホリエモン（※実業家・堀江貴文氏）も刑務所に入ったことがあって、独身のはずよ。

まなほ　堀江さんが先生のタイプなんですか⁉

寂聴　頭のよさと経歴は合格です。でも、もうこの年になったら何もできないし、見るだけでしょう。見るだけならまなほを見習って、若くてイケメンがいいわね。

まなほ　結局、先生もイケメンですか？

寂聴　あははは。

まなほ　私も先生のご縁もあり、お見合いのようなものは何回かはしているんですけどね。

寂聴　どうしてうまくいかなかったと思っているの？

まなほ　うーん、皆さん、私にはもったいないような方たちでしたが、けっこうおとなしくて静かな方が多くて、一緒にいてもなかなか話が盛り上がらなかったんです。

私がいちばん重視するのは一緒にお話ができることなんです。私と先生は、こうやって座っているだけでいくらでも話ができるんですよ。

やっぱりお話ができる相手というのが、私にとっては最低条件なんだと思います。いままでお見合いした方たちは、なぜか少し会話が嚙み合わず、爆笑したりということがあまりなかったんです。

寂聴 まなほが相手だったから、お相手も緊張したんじゃないの？

まなほ そんなことはないと思うのですが。

寂聴 お金持ちの人もいましたよね。

まなほ それは、先生の秘書に紹介するわけですから、皆さんすごい職業で、物腰も洗練されていました。

寂聴 私は結婚相手はお金持ちでなくてもいいと思っています。むしろ、結婚してから才能や力を発揮する男性のほうがいいんです。たとえ親の遺産をもらって大金持ちだったとしても、幸せに生きるためには何の役にも立ちません。

私は96年間生きてきましたけど、〝お金のおかげで幸せになった〟という人には1人も会ったことはない。それに、やっぱり男もユーモアがわからないとね。いろいろ言っているけれど、まなほが一緒にお酒を飲んでいても、そんなに楽しくないということでしょ？

まなほ そうですね、話が盛り上がらないというか。

寂聴　頭で考えて好きになろうなんていうのはダメですよ。好きっていうのは条件ではなくて、パッと会った瞬間にわかるもの。それだけ魅力のある男性と出会わなかったから「どうしようかなぁ？」って悩むんじゃないの。

「あんまり好きじゃないけど、条件はいいな」なんて思うのじゃダメよ。相手はいまは偉くなくても、「この人のことが大好きだから、いまは貧乏だけど私が結婚して、偉くしてやろう」という情熱が湧くぐらいでないとね。

まなほ　そんな人に出会いたいです！

寂聴　そもそも条件じゃないの。好きになると、自分がイヤだと思っていた部分も辛抱できるようになるの。苦手という気持ちを好きという気持ちが上回るの。

まなほ　なるほど。

寂聴　そうやって結婚しても失敗することはあるでしょう。

でも失敗したら別れればいいんです。だって現代は3組に1組が離婚している時代ですからね。人生と同じで、結婚も1回や2回、やり直したってへっちゃらです。

まなほ　先生の1回や2回、別れてもいいというお言葉で、気分は大分楽になります（笑）。

寂聴　でも、あなたは見かけによらず古風ですからね、結婚したら辛抱するし、意外に離婚しないんじゃないの？

まなほ　ふふふ。そう見えますか？（笑）

「男たちに序列はつけられない」

まなほ　先生は、これまでの長い人生でたくさんの男性を愛してきましたよね。いろいろな方のお話は伺っていますが、私が一度でいいからお会いしてみたかったなあ、と思うのは小説家の小田仁二郎さん（※'79年没）です。
才能もあり、何度も芥川賞や直木賞の候補になったのに、一度も受賞できず、不遇な人生だったのですよね。でも私、8年もご一緒しているのに、先生から直接、小田さんのことを聞かせていただいたことはないんです。

寂聴　そうだったかしら？

まなほ　実はそうなんですよ。

でも小説『夏の終り』を読んだり、先生がテレビや対談で、小田さんについて話したりしているのを見聞きしているうちに、小田さんの雰囲気が、すごく素敵だと思うようになりました。

写真を見ましたが、顔もいいですよね。小田さんでしたら、私も好きになるんじゃないかなって思うぐらい、優しい、すごく穏やかなイメージがあります。

寂聴　イケメンでカッコよかったからね。

まなほ　そうそうそう。

寂聴　彼は東北の出身でしたから、いわゆる「ズーズー弁」で、恥ずかしくて嫌だから、わざと寡黙にしてたのね。それが私には好ましかったの。

まなほ　男性に関してはしゃべるタイプよりは、あまりしゃべらないタイプのほうがお好きなんですか。

寂聴　自分がしゃべりたいからね、相手はしゃべらないでほしい。

まなほ　デート中に、「しゃべるな！　私がしゃべるんだ」って（笑）。

そういえば先生、井上光晴さん（※小説家、'92年没）も、しゃべらない人だったんですか？

寂聴　井上さんはおしゃべりでした。うん、よくしゃべったね。

まなほ　じゃあ、井上さんと一緒のときは、珍しく先生のほうが聞き役だったのですか？

寂聴　いや、同じぐらいしゃべってた（笑）。

まなほ　すごい（笑）。毎日が文豪対談みたいなんですね。

寂聴　油断すると、私にしゃべらせないぐらい、熱心にしゃべるのね。

まなほ　そんな方と先生が2人でいるところを見たかったです。

寂聴　私は自分がしっかりしているからダメ男が好きなの。あれやこれやとダメ男の世話をするのがきっと好きなんでしょうね。

ですからはたから見たら、「何で瀬戸内さんは、あんなダメなのばっかり好きなの？」って言うぐらいの男が多いのよ。

実際に、面と向かって言われたこともある（笑）。

まなほ　井上さんにはダメ男というイメージがないんですけど。

寂聴　確かにダメ男ではなかったけど、とても変わったところがあって面白かった。たとえば私が上等な着物を買ったとするでしょ。そうすると、「ああ、それよう似合うね。でも、うちの嫁さんのほうが、もっとよう似合う。ちょうだい」って言うの（笑）。

まなほ　本当に？　それで先生、まさか、その着物あげちゃったんですか？

寂聴　そうよ。そして、井上さんの長女の井上荒野《あれの》さんが小説家になって『切羽《きりは》へ』（新潮文庫）で直木賞をとったとき、その贈呈式で奥さんと並んで親族席に座ったの。

まなほ　うーん、大人の関係ですね。

寂聴　そのころは、もう井上さんは亡くなっていたからね。贈呈式で会った奥さんが大きな声で「あっ、瀬戸内さん来てくださったの」なんて言うの。みんながいるところでですよ。そして自分の着ている着物の袖を広げて私に見せて、「これ、瀬戸内さんの着物、似合うでしょう？」とか平気で言う（笑）。

まなほ　奥さんも、井上さんに負けず劣らず、すごい人ですね。

寂聴　井上さんから「着物をちょうだい」って言われても嫌じゃなかった。何か明るい感じで、「ああ、いいわ」って気になるの。

まなほ　ムリムリ、私は無理です。自分がいちばんがいいです（笑）。

寂聴　井上さんには何でもずいぶんあげた。あの人は最高にもらいっぷりがいいの。

まなほ　先生の恋人のお話、こうやって聞いているだけでも、何だか頭がクラクラしてきます。

寂聴　あははは。

まなほ　順番をつけるものじゃないと思うんですけど、先生がいろいろな方といろいろあった中で、いちばん〝いい男〟は、どなたですか？

寂聴　そんなのない。そのとき、そのときの男がいちばんだから。いま振り返っても、やっぱりそのとき、そのときですからね。いいこともあれば嫌なこともあったのよ。いいことばっかりとか、嫌なことばっかりなんていう人間はないからね。

まなほ　それぞれのよさ、それぞれの悪さがある……、深いですね。

寂聴　だから序列はつけられないの。

「先生のおかげで、家族に優しくなれました」

まなほ　〝それぞれのよさ、それぞれの悪さ〟で思い出したのですが、「文章が素直で、手紙が上手」と、ほめていただいた以外にも、もう1つほめていただいたことがありました。

「あなたは優しい」って。この2つのことでほめていただいたことが本当にうれしかったんです。

寂聴　もう何度も言ってますよ。あなたは本当に優しいの。

まなほ　そうですね。「優しい、優しい」と言ってくださるので、それを励みに生きています（笑）。でも最近は、「優しい」だけじゃなく、「優しいところしか、いいところがない」になりましたよね。

寂聴　いえいえ、優しいだけでたいしたものです。

いつも不思議なのは、休みになると、まなほが必ずおじいちゃん、おばあちゃんのところに行って泊まってくること。あなたの年ごろだったら、普通はおじいちゃん、おばあちゃんのところに行かない。やっぱり男がいないからかね（笑）。男がいれば、そんなところに行かない。

まなほ　男とか関係ありません！（笑）　何かあるとすぐ恋人がいるいないと結び付けて考えるのは、先生の悪い癖です。

寂聴　ふつうだったら、「おじいちゃん、おばあちゃんに会いに行く」というのは、言い訳で、実は恋人に会いに行ったりしているのに、あなたの場合は本当におばあちゃんやおじいちゃんに会いに行っている。

帰ってくるときには、ちゃんとお土産も持ってくるから証拠もある（笑）。

まなほ　先生が祖父母に会ってくださって以来、２人とも先生の大ファンになって、孫の私が先生の秘書として働いているのも自慢なんです。

私が遊びに行くと、すごく先生の話を聞きたがるし、いろいろ話してあげるととても喜んでくれます。そして「先生に」って、お土産を持たせてくれる（笑）。

寂聴　「朝日あげ」というおかきが、おいしいね。そばに置いてあると、ついつい手が伸びる。袋に「ほっぺた落ちる」と書いてあるもの（笑）。

まなほ　兵庫県の銀山で有名な生野というところで「日本一のおかき処」ということになっています。

寂聴　それにしても何でいつも泊まりに行くの？　どこが面白いのかって思うのよ。

まなほ　もう！　父方の祖父母には息子しかいないわけですよね。でも私の父もそうですけど、男の人って、両親に十分によくしてあげたりできないことが多いですよね。父ができない分、日常生活のささいなこととか、気遣いとか私がやってあげたいって思うようになったんです。祖父母には女の子がいなかったので、私のことを「娘のように思っている」なんて言ってくれますし。

寂聴　おじいちゃん、おばあちゃんは、おいくつになったの？

まなほ　祖父は先生よりひと回り年下の84歳、祖母は80歳です。

寂聴　おじいちゃんは、とてもハンサム！

まなほ　そうですか？

寂聴　おばあちゃんは、優しくてしっかりしているし。

この前のゴールデンウイークのときにも、おじいちゃん、おばあちゃんのところへ行っていたね。なかなか、できることじゃありません。

まなほ 私が親孝行したり、祖父母に孝行したりするようになったのは、実は先生のおかげでもあるんです。

先生がいつも私によくしてくださるから、私も家族に優しくしたいと思うようになったんです。

先生の振舞いを間近に見ていて、「こうすれば相手の方に気持ちよく話を聞いていただけるんだ」とか、自然に身についてきたような気がします。

寂聴 （少し照れながら）ご家族も「まなほは最近、変わったね」と言うの？

まなほ 私の家族は「寂聴さまさまだ」と言っています。

母なんて、「まなほのことは、瀬戸内先生のところへ養子に出したものと思っている。先生がすごく面倒を見てくださるから、お母さんはあなたのことは心配していない」なんて、言っていました（笑）。

寂聴 私にも、もっと優しくしてくれればいいのに（笑）。

まなほ してますよ！　人聞きが悪い（笑）。

でも祖父母は、年々小さく弱々しくなっていくように見えるんです。「昔はもっと元気だったのに」って。

でも先生は全然弱々しくならない。逆に年々若返っているように見えます。祖父母との間に感じているような年齢差をまったく感じないんです。だから先生のことを〝おばあちゃん〟と思ったことは一度もないです。ふざけて〝おばば〟とか言うことはありますけれど（笑）。96歳という年齢はわかっていますが、高齢者という扱いもしていませんよね？

寂聴　だから私をいつも蹴っ飛ばすのね（笑）。

まなほ　蹴っ飛ばすのは先生のほうじゃないですか！　何かあると、その短い足が飛んでくる（笑）。そして、私はキーッて首根っこをつかむ。

寂聴　あははは。まなほは若くて体は大きいし、もう口ではかなわない。だから私は足でピッとやる（笑）。

まなほ　きっと、そんなケンカをできるほど年齢差を感じていないのでしょうね。それどころか、私のほうが年上のように錯覚することもあります。

「祖父母」と「孫」が親友になる方法

寂聴 いい孫娘がいて、おじいちゃん、おばあちゃんも幸せね。

まなほ 私だけじゃなくて、姉も妹も同じように祖父母に接しています。

寂聴 まなほは3人姉妹の真ん中だけどね、よく気がつくのと、優しいのはいちばんじゃないかな。

まなほ 優しいだけじゃないです。器量もいちばん（笑）。

寂聴 そう、あなたはいつも「器量もいちばんいい」って言うの。私はそうは思わないんだけどね。お姉さんなんかもっと美人よ（笑）。

それに妹さんは歌がうまくて、舞台に立てるほど声がいいんだもの。

まなほ 帝国ホテルでの私の出版を祝う会でも私のために歌ってくれました。

寂聴 そう、拍手喝采だったわね。

あのパーティも林真理子さんや篠山紀信さん、それに村木厚子さん（※元厚生労働事務次官）ご夫妻も来てくださって大盛況でした。そんなすごい人たちの前でもものおじせず、堂々と歌ったので感心したのを覚えています。
村木さんは私と一緒に「若草プロジェクト」（※弱い立場の少女・女性に寄り添うためのプロジェクト。瀬尾さんも理事の1人）の呼びかけ人を務めていますが、あなたも若草プロジェクトの勉強会のたびに、すごく成長しているようですね。
それにしても、まなほはおじいちゃん、おばあちゃんだけではなく、小さいころから妹さんの面倒をよくみていて感心しています。

まなほ　そうですね、家族のこと大好きなので。

寂聴　肉親というものは難しいものです。
私は、小説家になるために幼い娘を捨てましたから、いまも娘や孫たちとベタベタすることはできません。でも、あなたは、とても自然に家族と仲よくしている。それは、とても素晴らしいことだと思う。

まなほ　先生、今日はほめすぎですって！　いつもこんなにほめてくれないのに、それだけでもこの対談をしてよかったかも（笑）。

新聞や文芸誌の連載を抱えながら、
最近は俳句作りにも
励んでいるという寂聴さん。
俳句の〝一番弟子〟は
意外な人物でした――。

第五章

「いまが生涯でいちばん楽しいとき」

～夢みて生きたい

瀬尾さんが相手だと、なぜか笑ってしまう寂聴さん

「最後の晩餐は1人で食べたい」

まなほ　先生は、よく「これが〝最後の晩餐〟になるかもしれないから」と、おっしゃいますよね。雑誌の企画などで「最後の晩餐に食べたいものは？」という質問もありますが、先生は本当は何を食べたいのですか？

寂聴　「大市《だいいち》」のスッポン！

まなほ　おおっ、即答なんですね（笑）。大市は先生の小説（※『京まんだら』）にも出てきますよね。すごく有名な老舗ですけれど、先生は日本に限らず世界中でおいしいものを食べているから、もっと悩むかと思っていました。

寂聴　とにかく、おいしい。それにいろいろな思い出もあるのよ。

私が小説家の里見弴先生と最後にお会いしたのは、その大市で雑誌の対談をしたときです。亡くなる前の年で先生は93歳でした。

そのとき「人間は死んだらどうなるんですか？」と私が聞いたら、先生は即座に、いんですか？」
「では、ご一緒に住んでいらっしゃった（愛人の）お良さんにもお会いできな
「会えるもんか。すべては無だ」
「無だ」と。
そうおっしゃったの。
この「無だ」という里見先生の言葉を、近ごろよく思い出します。「無」と
いうと、何もなく空っぽのイメージがありますけど、すべてのものから解き放
された自由な境地とも考えられるでしょう。

まなほ　そんな深い思いもあるんですね……。
でも、スッポン食べたら、〝最後の晩餐〟のはずなのに、おいしすぎて生き
返っちゃうかも（笑）。
ですからスープぐらいにしときましょう。先生はもう寝っ転がっていてもい
いです。わたしがスプーンで先生のお口に入れてあげますから。

寂聴　介護食じゃないの、それ（爆笑）。
じゃあ聞くけど、まなほが最後の晩餐のときは、誰と何を食べたい？

まなほ　え、誰とって？

寂聴　ああ、まなほに「誰と？」って聞くのは、付き合っている相手がいないんだから無意味だったわね。

まなほ　そんなこと言わないでくださいよ。私が最後の晩餐で食べたいのは、やっぱり洋菓子ですね。たとえばデザートビュッフェみたいな感じで目の前にセッティングしてもらって、好きなものを片っ端から食べる！　先生もお好きなデザートを一緒に食べましょう。

寂聴　そんなの気持ち悪い（笑）。甘いもの大嫌い！

まなほ　大嫌いと言うんなら食べなくてもいいのに、いっつも食べるじゃないですか（笑）。「何で嫌いだって言っているのに食べるんですか？」って聞いても、「食べなきゃ仕方ないでしょ」って言う。

寂聴　アイスクリームなら好きよ。

まなほ　そうそう。先生が「いらない、いらない」って言うから、私だけデザートにアイスクリームを頼んだりすると、「ちょっとちょうだい」って言ってとったりしますよね。それがちょっとじゃなくて、半分以上だったたり（笑）。

寂聴　あははは。

まなほ　テレビ番組でも話しましたけれど、先生が夜中にアイスクリームを食べようとして、冷凍庫が閉まらなくなったこともありました。深夜に先生から「どうしよう」って電話がかかってくるから、何事かと思いましたよ。

寂聴　私、そんなに情けない顔していた？

まなほ　怒ったことを、ちょっとかわいそうになりました。

それにしても私たち全然違いますね、大市のスッポンと洋菓子のビュッフェって（爆笑）。先生は、その最後の晩餐のスッポンは、どなたと食べたいのですか？

寂聴　もう死ぬときはね、1人ですよ。一遍上人《いっぺんしょうにん》（時宗の開祖）の言葉にあるでしょう。

「生ぜしも独りなり、死するも独りなり。されば人とともに住するも独りなり。添いはつべき人なきゆえなり」

まなほ　先生は法話でもよくおっしゃっていますよね。私も寂しいときに、ふっと思い出します。

寂聴　そう、私の大好きな言葉なの。

まなほ　じゃあ、最後のスッポンも、特におしゃべりするわけでもなく、1人で「おいしいなあ」と思って食べるのですね。

寂聴　それがいいの。私、人にはわりと気を使うから、最後のときまで気を使うのは嫌なのね。

まなほ　本当に先生は、人に気を使ってしまいますものね。

「信仰は自然に導かれるものです」

寂聴　さっき一遍上人の話をしたけれど、まなほは仏教を信じている？

まなほ　基本的には無宗教なんですけれど、何か困ったことがあったら、「神様〜」なんて神頼みしています。でもふだんは、あまり信じていないです。

寂聴　日本人はだいたいそうよ。でも、何かあったときに手のひらを合わせる。それが本当の信仰の始まりなの。

まなほ　ここは尼寺で、先生も尼さんなわけですけれど、私たちスタッフには仏教の話はあまりしないですね。

寂聴 信仰は人に言われてするものじゃないし、さっきまなほが「生ぜしも独りなり」を、自分が寂しいときに思い出すと言ったけど、そうやって自然に導かれていくものなのよ。それを「ご縁があって」と言う。

まなほ 「ご縁があって」と、先生はよくおっしゃいますけれど、その言葉も好きです。ほかに先生の法話や講演を聞いていて、いつも印象深いのは「忘己利他」と「無常」です。この2つは心の奥にストンと落ちる感じがします。

寂聴 「忘己利他」と「無常」は寂庵法話で何度も話してきたから、自然にまなほになじんでいるんでしょうね。

まなほ そうです、そうです。

寂聴 『平家物語』の書き出しの、《祇園精舎の鐘の声、諸行無常の響きあり》は知らない人がいないくらいですけど、お釈迦様は2千500年以上前に、人々にこの世の無常を説いていらっしゃいます。

現代の私たちの人生も、同じ状態はいつまでも続きません。いいことが続いて安心していると、突然、失敗する。いいことも悪いことも、同じ状態は続かないのね。たとえば、お父さんが失業して、お母さんが病気になって、どんなにひどい生活になっても、やがてどん底におちたボールが跳ね上がるように、ポーンと好転するの。

まなほ はい。それをいつも聞いていますから、この2~3年、夢かしらとほっぺたをつねりたくなるようないいことばっかりが続いていますけれども、これはいつまでも続くものではないって、自分に言い聞かせているんです。

寂聴 寂庵は尼寺ですからね、ここにいるとお釈迦様の教えが身につくんです。

まなほ 私、寂庵に来る前は、尼さんは毎朝お経を上げるものと思っていたんですけど、先生はそんなに毎日は上げていませんよね。

寂聴 毎日は上げていないけど、いつでもちゃんとできる。

まなほ でも、この前の法話のときに、「先生、お経を上げてください」と言われて、ちょっと困っていませんでしたか（笑）。

寂聴 困ってない、困ってない（笑）。

「改装した天台寺も見てみたい」

寂聴　二戸《にのへ》市の天台寺の改装も長引いているわね。

まなほ　こんなに長くかかるとは思わなかったですね。でも'19年度中の完成を目指しているそうですよ。

寂聴　まさか私が生きているうちに改装が終わるとは思っていなかった。

まなほ　完成したら見に行かれるのですか？

寂聴　名誉住職だしね、行かなきゃしょうがないじゃない。

まなほ　やっぱり京都からだとちょっと遠いですよね。

寂庵から大阪の空港まで車で移動して、岩手県の花巻空港からまた車で2時間かけて行くと、腰に負担もかかりますからね。

寂聴　まぁ、体調がいいときなら、行こうと思えばなんとか行けるのよ。

まなほ　キレイに修復された本堂は、私も見てみたいです。

寂聴　お披露目のときは、修復費用を寄付してくださった人たちもお呼びするのでしょうね。行ってご挨拶もしたいわね。個人で何百万円も寄付してくださった方もいるし。

まなほ　どこかの社長さんとかですか？

寂聴　そうではなくて、一般の女性が、長い間貯《た》めていたお金をスッと出してくださったの。

まなほ　それって、きっと老後のために一生懸命貯めた貴重なお金ですよね。

寂聴　ですから、そういう人たちをまず呼ばなきゃいけないじゃない。お話もちょっとしたいしね。

まなほ　私もお会いしてお礼を言いたいです。

でも先生、荷造りはご自分でしてくださいね（笑）。

寂聴　何で？　私いつもちゃんと自分でやってるよ。

まなほ　私、先生をお年寄り扱いしたくないんです。だから、何でもかんでもやってあげるのじゃなくて、旅支度とかは、「先生、明日は東京に行きますから、着替えは自分で準備してくださいね」と、言うようにしているんです。スーツケースに必要なものを書いた紙を貼ったりはしますけれど。

寂聴 私にやらせたほうが、あなたは楽できるしね（笑）。

まなほ それが全然楽じゃないんです！ 最後に荷物をチェックしてみると、「何で、2泊3日のスケジュールなのに、靴下が10足も入っているの⁉」って。

寂聴 うふふ。

まなほ 「パンツ、こんなにいっぱいあってもはかないでしょ」とか、「これもいらない」「これもいらない」って、不要なものを全部よけていかなくてはいけないんです。何であんなことになるんですか？

寂聴 そう？ 自分ではわからない（笑）。

「一緒に日光金谷ホテルに泊まったのはいい思い出です」

寂聴 まなほは、私と一緒に徳島へ阿波おどりを見に行きたいと言っていたこともあったね。

まなほ そうです。よく昔の写真では見るのですが、先生が踊っている姿も見たかったです。でも腰にも悪いですし、阿波おどりの時期の徳島はすごく暑いですからね。
小林陽子さん（※徳島「寂聴塾」２期生。徳島県移住コーディネーター）のご自宅に泊めていただいて、友人たちと一緒に見に行きました。自分でも衣装を借りて踊ってみたのですが、意外に難しいですね。

寂聴　私からすると、あなたがときどきする変なダンスのほうがよっぽど難しいと思うけど（笑）。

まなほ　あれはほとんど自己流ですからね。
徳島に一緒に行けなかったのは残念ですけれど、どうせなら先生とは一緒に海外旅行に行ってみたいです。

寂聴　まなほとは、講演や法話で日本全国をあちこち回ったような気がするけれど、確かに海外はなかったね。

まなほ　私が寂庵に来る前は、スタッフみんなでドイツのハイデルベルクまで行ったんですよね。

寂聴　私が脚本を書いたオペラ『愛怨《あいえん》』（三木稔作曲）がオペラの本場、ドイツの劇団で上演されて評判になったのよ。

ハイデルベルクの市長さんも見に来たし、ものすごい拍手を受けて、私も舞台挨拶をしたのよ。一度でいいからカーテンコールをしてみたかったの（笑）。

まなほ　わぁ、私も先生のカーテンコール見たかったです。

でも、それからは体調を崩したので、海外には行けてませんよね。私たち寂庵スタッフの社員旅行は、法話のある天台寺や、以前、法話をしていた徳島の2カ所。

寂聴　そういえば、以前は佐渡島や沖縄とか、島にもよく行っていた。

まなほ　そうそう、みんなでハワイへ行ったことも聞きました。

でも私は先生が好きな国や、先生にいろいろな思い出がある国へ一緒に行ってみたいです。恋人と別れようかと悩んでいた時期に訪れたフランスのパリとか、小説『比叡』（新潮文庫）に書いたドイツのロマンティック街道とか。

寂聴　いままで旅行した中で、ここはよかったな、という場所はあった？

まなほ　いろいろ思い出もあるのですが、特に印象に残っているのは「日光金谷《かなや》ホテル」ですね。栃木県の日光で先生の講演があって、一緒に泊まりました。あのヘレン・ケラーも泊まったのよ、と教えてくれましたね。

寂聴　ああ、思い出した。ヘレン・ケラー以外にも、アインシュタインとかアメリカ大統領のアイゼンハワーとかも泊まったの。

まなほ　金谷ホテルに着いたとき先生が、「私、ずいぶん昔に、このホテルに泊まったんだよ」と言ってくださったことに、なぜかすごく感動したんです。そして優雅な部屋で先生が写真を撮ってくれたことが、すごくいい思い出になっています。

やっぱり、先生が昔訪れた場所へ、２人で行くというのは新鮮な気持ちになりますね。なんとなくですけれど小説みたいなシチュエーションにも思えますし（笑）。

「私の代わりに法話もできるんじゃない」

寂聴　あなたも作家らしく想像力が豊かになったねえ（笑）。

まなほ　サンフランシスコには先生の別荘があるんですよね。前に「いつか連れていってあげる」と言ってくださったんですけれど。

寂聴　そこは私が買った家だけど、いまはもう娘のものになっているの。本当にいい別荘でね、娘や孫たちもいまは使っていなくて、いつも空いているのよ。そこへみんなを連れてったら、広いから喜ぶなあと思って。

まなほ　いいですね、サンフランシスコの別荘。いつごろ建てたんですか？

寂聴　もう10年以上も前。海からすぐ近くにあって、窓から太平洋が見えるの。とてもいいところよ。

まなほ　先生は何回ぐらい、そこへ行かれているんですか？

寂聴　アメリカに住んでいる娘のために買ったのだけれど、家具なども買い揃えるために、何度も足を運びました。

まなほ　やっぱりお嬢さんには、お優しいのですね。

寂聴　でも別荘の広さとか、いろいろなことで意見の対立もあったのよ。昔の私は、そういうことが気に入らなくてすごく怒ったけど、娘も私に似て気が強いからね。「サンフランシスコでは、それでいいんです」って、すまして言うの。
でも、いまとなっては「まあ、いいか」になるね。

まなほ　そうそう。どんなに嫌なことがあっても「日にち薬」というお薬が傷ついた心を癒してくれるんですよね、先生（笑）。

寂聴　あなた、トークショーだけでなくて、私の代わりに法話もできるんじゃないの（爆笑）。

「連載『その日まで』、その日とは死ぬ日のことです」

まなほ　あ、そうだ！　私今朝、先生からすご〜くいい言葉を聞いてしまいました！　先生が「そろそろ俳句、飽きてきた」と言ったんです。私「しめた！」と思って、すかさず「じゃあ先生、がんばって小説を書いてくださいね」って念押ししたのです。

寂聴　そんなこと言ってた？

まなほ　句集『ひとり』が星野立子賞をいただいてから先生、もうずうっと俳人モードに入ってしまって、書斎に入ると仕事机いっぱいに紙が散らばっていて……。どの紙にも細かい字でいっぱい俳句が書かれているじゃないですか。

寂聴　うふふふ。

まなほ 「これは何ですか？ 締切りもあるのに何をしているのですか？」って問い詰めても、先生はあいまいに笑うだけ……。

小説をほったらかしにしていいのですか？

寂聴 俳句は楽しいからね、けっこう私は本気なのよ。新聞の折込みチラシなんかでも、余白があると、そこに一句書きたくなる。

まなほ チラシだけじゃないですよ。原稿用紙のはしっことか、包み紙の裏とかにいっぱい俳句を書いて、書斎のあっちこっちに置いてありました。「何だか先生がおとなしいな」と思ったら、こっそり俳句を作っていたのかって（笑）。

寂聴 あははは。このままいけば、もう1冊、句集が出せるかもしれない。

まなほ そうですよね、先生はもう1冊出したいんですよね。

最初のタイトルが『ひとり』でしたから、2冊目は『ふたり』かしら⁉ 今度は自費出版じゃなくて、出版社が出してくれそうですね。

寂聴 そうそう。だって俳句ぐらい作らなければ、人生つまんないじゃないの。96歳まで生きてきて、もうしたいことはだいたい全部したでしょ。おいしいものもみんなで食べたでしょう。『源氏物語』の現代語訳も仕上げたでしょう。もう男もいないでしょう。あと何があるの？

まなほ　私の結婚式がある。

寂聴　結婚式なんて何が面白いもんですか（笑）。私なんて、会場で挨拶するだけじゃないの。

まなほ　ひどい！　でも先生、早く私に真っ白なウエディングドレスを着せたいって思ってくれていたのは、本当ですよね？

寂聴　まぁ、それは楽しみにしているんだけど、もうこの年になったら、日常生活には本当に楽しいってことがないのよ。

　時間があったら横になりたいわね。横になって見る本っていったら、重くて厚い書籍ではなくて週刊誌とか。ですから私は芸能ゴシップにも近ごろ詳しいの。

まなほ　先生は、「作家は世間のことを知っておかなきゃいけない」なんて言って、いつも週刊誌を読んでいますが、明らかに好きなだけに見えます。私が書斎に入ると、サッと隠すこともあるし。

　じゃぁ先生、こうしましょう。週刊誌でホップして、俳句でステップして、連載の執筆へジャンプするんです。

寂聴　小説を書くのは精力が必要で、すごく疲れるの。

まなほ　でも『群像』で連載をするって決めたのは、先生ご自身ですよ。

寂聴　そう、タイトルは『その日まで』（『群像』'18年7月号から連載開始）。「その日」とは「死ぬ日」のことなのね。

まなほ　締切りもあるのに、俳句ばっかり作って……。

寂聴　大丈夫だって。何を書くかは、ちゃんと頭の中にできている。

まなほ　頭の中にできているって、ずっと前から言っていますけれど、毎月40字詰め原稿用紙10枚って、私から見たら気が遠くなる量なんです。

寂聴　大丈夫、大丈夫（笑）。

「作家を騙《だま》そうとする秘書は初めて」

寂聴　でも連載を引き受けたと、あなたに言ったとき、怒るかなと思ったら、私の体力のことを心配してくれた。やっぱりまなほは優しいね。

まなほ　誰だって心配しますよ。そのことを伺ったとき、もう気が遠くなりそうでした。

でも私にとっても、書きたいという先生のその気持ちがいちばん大切なんですよね。編集者の方に「もし何か体調を崩して、途中で無理になっても、その場合は許してください」ということを、ご了解いただきました。

寂聴　まなほほど、言いたいことを、ずけずけ言う秘書はいないね。

まなほ　言いたいことはいっぱいありますけど、全然言えていません。

寂聴　言いたいことを言うだけでなくて、いたずらまで仕掛けてくるしね。

まなほ　昨日、ボールペンで手の甲に虫の絵を描いたんです。それで先生に「ここに虫がいる」って言ったら「ああ、もう気持ち悪い！」って嫌がってましたよね。

寂聴　ふつう、秘書がそんなことする？

まなほ　先生を騙したりする人は、いままでいなかったと思います。だって、そんなことをしたら本気で怒らせることもあるし、クビになっちゃうかもしれませんから。

寂聴　ふつうの作家と秘書の関係じゃないね。年の離れた親友みたいな感じね。そこがいいのよ。

まなほ　でも肝心な仕事への評価は、正直なところどうなんでしょう？

寂聴　歴代の秘書の中でも、こと仕事に関してはまなほは優秀ですよ。

まなほ　……安心しました。自分で聞いておきながら、もし先生に「優秀じゃない」って言われたらどうしようと心配していたんです。

寂聴　安心しなさい。もう何でもちゃんとできている。

まなほ　ありがとうございます。

寂聴　あまり教えないけど、すぐに仕事を覚える。水が合ったとしか言いようがないわね。

でも私だけが優秀と思っていたって、仕事先から「まなほさんには困っている」とか「若くてかわいいだけで何もできない」とか言われていたら、あなたも私も困るじゃない？

まなほ　そうですよね。

寂聴　その点、皆さんもほめてくださる。だからきっと格段に優秀なんですよ。

まなほ　格段ですか？

寂聴　あははは。ちょっと喉が渇いた。ビールくらい出してちょうだい（笑）。

まなほ　そうですね、賄賂、賄賂！　ビールとってきます（台所へ）。

「俳句の弟子、第1号は……」

まなほ　さっきは連載のお仕事の邪魔になるって、俳句の悪口を言ってしまいましたが……。

寂聴　あなたのお母さんも、私の俳句の弟子だしね。1人しかいないから本当の〝一番弟子〟よ。

まなほ　先生の句集を読んで、興味を持ったそうです。私にまずメールで送ってきたんですよ。それを私が半紙に書き出して先生にお見せしたんです。母も、まさか先生が見てくださるなんて思ってもみなかったからびっくりしていました。それ以来、先生が添削してくださるようになって。

寂聴　昨日も作品をドカッと持っていらしたの。初めて見せていただいたときは、本当に俳句を覚えるのかな？　というレベルだったけれど、2回目のときは、すごく上手になっていました。

まなほ　最初は母も何もわからなくて、1つの句に季語を2つ使うとか、そういうレベルだったんです。

だけど先生が丁寧に指導してくださったり、「この本を読むといいですよ」って教えてくださったりで、母もどんどんやる気が出てきています。

寂聴　1人で奈良の吉野へ吟行《ぎんこう》（※和歌や俳句の題材を求めて、名所・旧跡などに出かけること）をするほど、すごく熱心なのよ。

まなほ　以前から旅行は好きだったんですよ。

でも先生が「ギンコウに行きなさい」と、おっしゃったとき、「俳句ってそんなにお金がかかるのかな」と、思ったんです。でも銀行じゃなくて吟行だったのですね（笑）。いまでは季語の本も持ち歩いています。

私は俳句はダメそうですが、母には才能はありそうでしょうか？

寂聴　まなほは詩心がないし、考え方が散文的だからね。でもお母さんは、まあまあね。

まなほ　先生がまああって言ってくれるんですから、すごいですよね。

寂聴　お母さんは頭がいいし、詩人なんです。

まなほ　いままで母がものを書く姿なんて見たことがなかったのに、俳句を詠み始めてからはちょこちょこメモをとったりしていて。

寂聴　才能がない人がいくら努力したってダメなのよ。

　でもお母さんは、やっぱりまなほの母親だけあって文学的才能があります。たぶんお母さんは1冊ぐらい句集を出したいと思っているはず。きっと、もうその気になっているわよ。

まなほ　親子でお世話になっています（笑）。

「素直で明るいあなたなら、どこに行っても大丈夫」

寂聴　『おちゃめに100歳！　寂聴さん』の出版記念パーティで、「次に出す本が50万部売れたら、私が先生を養います」と、みんなのいる前で宣言したでしょう。

まあ、そう思ってくれているだけでもうれしいわ。だからしょっちゅう「早う養え」って言っている（爆笑）。

まなほ 私、本気で言ったんですよ。でも、まだ2冊目が書けていませんけれど……。

寂聴 まぁ、楽しみにしているわ。

あなたは若いし、これからも楽しいことはいっぱいあるでしょうけど、きっといまが生涯でいちばん楽しいときよ。

まなほ 結婚して、子供が生まれて、育児して……、それもきっと楽しいと思いますけれど、テレビに出演したり、エッセイを書いたりは、なかなか経験できませんから。本当に先生と出会って、優しくしていただいたおかげだって、いつも感謝しているんですよ。

寂聴 まなほはそういうことを、口に出して言うの。「おかげさまで」とか、「ここに来たからこういういい目にあえる」とかね。いくら世話になっていても、そんなことふつうの若いコはね、心で思っていてもなかなか言えないですよ。

まなほ ちょっと恥ずかしかったりしますよね。

寂聴　それを、まなほは素直に言える。そう言われたら私も「ああ、そうか。じゃ、私に感謝してるんだな」と、ちょっとうれしく思うじゃない。
ですから、素直で明るいあなたなら、どこに行っても大丈夫。若いときは「すべて自分の実力で成し遂げた」と、思ってしまうのがふつうかもしれませんけれど、あなたは思い上がらないところが本当に偉い。
あとは男運があればねぇ……。

まなほ　男運がないのは、きっと先生に似たんですよ（爆笑）。

寂聴　そこは似なくていいの！（笑）

今日の私と、明日のまなほ

～あとがきにかえて

いま私は文芸月刊誌『群像』に、「その日まで」という題の連載を書いています。

「その日」というのは「私が死ぬ日」のことです。死ぬ日まで書き続ける、という私の小説家としての夢を込めたタイトルで、この題は自分の中では、早くから決めていました。

私の死ぬ日は、明日かもしれない。

今夜かもしれない（笑）。

その連載第1回の読者からの評判が予想外にいいので、びっくりしています。なぜ評判がいいのか自分ではわからないのですけど、読んだ人は「文章が素直で、誰が読んでも、わかりやすい」と。

言われてみればそうかもしれない。だんだん私も、秘書の瀬尾まなほの文章のようになってきたのでしょうか（笑）。できるだけわかりやすくしよう、そう思って随筆のつもりで書いていたら、結果として立派な小説の雰囲気になっていたのです。

せっかく連載を始めたのですから、単行本にならないとつまらないでしょう。

ですから、少なくとも1年、12回ぐらいは続けます。

『群像』の担当編集者は、

「毎月書かなくてもいいです。好きなように休んでください」

と、言うんですけどね。

本当に好きなように休んだら、もう書かないでしょう（笑）。「毎月書くぞ！」という意気込みがないと、続けられません。

不思議なことに書き続けていると、書きたいことがどんどん出てくるのです。『群像』にも書きましたが（※'18年9月号）、まさか私より1歳年下で「サムライ・アーティスト」と国際的に評価されていた、彫刻家の流政之《ながれまさゆき》さん（※'18年7月、95歳没）が亡くなるとは、思ってもいませんでした。

流さんの「その日」を、お嬢さんからはがきを頂いて初めて知ったのですけれど、7月7日の「七夕さん」に亡くなるなんて、羨ましい（笑）。

今年の初めには「影の総理」とも呼ばれていた政治家の野中広務《のなかひろむ》さん（※'18年1月、92歳没）が亡くなって、とても寂しい思いをしたのですけど、これからも私と仲よしだった方々が、いくらでも死にますよ（笑）。その人たちのことを書いていっても、たちまち1冊の本になると思います。

いつ、誰が、どこで、どうなるのか？

どんな大災害が起こるのか？

いよいよ日本が海外出兵して、戦争に加担する日が来るのか？

もうそんなことは、そのときにならないとわかりません。起こったことを私がどう受け止めたかを、命の限り「その日まで」書き続けていきます。

「頭がいい」とは想像力を持っていること

まなほは、なにもかもがとってもうまくいっているようです。先日も琵琶湖のほうへ1人で講演に行っていましたけど、もう随分上手になっているようです。

あのコは頭がいいから、いつも私の講演や法話を聞いているうちに、何か「心のコツ」みたいなものを、素直に吸収したのだと思います。

単に利口というのと頭がいいというのはちょっと違うんですね。ここまでは言っちゃいけないとか、もうここでやめたほうがいいとか、もうちょっと言ってもいいとか、そういうことがわかる、それが頭がいい、ということです。いくら教えたって、なかなかのみ込めないものなのです。

ですから、まなほのことはあまり心配していません。彼女の講演の内容などにも、私がアドバイスしたことは一度もない。講演そのものも聞いたことないのです。

私も忙しいですから、そこまで付き合えない（笑）。

私が放っておくものだから、講演に行く前の彼女は、「壇上で、しゃべれなくなったらどうしようかしら」なんてウジウジしている。それで私が「大丈夫！　行け〜！」って言う（笑）。すると講演が終わった後に「うまくいきました！」と電話があって、元気に帰ってくる。

あまり細かいことは言わないで「大丈夫」って、一言だけ声をかけるんですけど、それがまなほの自信になるようね。言葉の持つ力は、それほどすごいのです。

まなほの長所を改めて考えてみると、「頭がいい」のはもちろんですけど、

「優しい」のが、いちばんの美点です。優しい、頭がいい、そして文章が書ける。これだけで十分。

ほかにほめるところは……、もうないですね(笑)。

寂庵へ昔から来ている出版社の人なんかは、まなほと私のスキンシップがほほ笑ましい、と言うのね。

外国では親子や孫がハグし合うのは珍しくもないけど、あの娘は66歳年上の私を抱え上げる。プロレスのヘッドロックみたいに、私の頭を二の腕でしめつける。

リハビリを受けていると、そっと忍び寄ってきて脇腹をくすぐるのよ。それを96歳の私がケガしないように気をつけているから「スキンシップ」なんて言われますが、一歩間違えれば「老人虐待」です(笑)。

要するに、頭がいいということは、相手の気持ちを察することです。ここまではスキンシップだけど、それ以上はしてはいけない、ということがわかるということ。

つまり頭がいいということは、想像力を持っているということ。

ですから想像力を持っているまなほは、いつ、どこへお嫁に行っても大丈夫なんですけれども、ちっとも行かない。行こうにも相手がいない（笑）。

まなほが物書きになるために必要なこと

10年くらい前、私は能楽を大成させた世阿弥《ぜあみ》の生涯を描いた小説『秘花《ひか》』（新潮社）を出しています。

それを書くために、島流しの刑を受けた世阿弥が晩年を過ごした佐渡島を何度も訪ねました。その取材や調査から私はたくさんのことを教わりました。

世阿弥のお父さんの観阿弥《かんあみ》は、幼少期の世阿弥に、こう教えています。「この世には〝雄時《おどき》〟と〝雌時《めどき》〟がある」と。いまから600年以上前は男尊女卑で、男が絶対によくて、女はなんでも悪い、劣っているといわれていた時代でした。

悪いことが続いて起こるときは女の時＝雌時。

いいことが起こるときは男の時＝雄時。

この世に生きていると、その雄時と雌時が交互に入れ替わってくる、と世阿弥は言うのです。

いまのまなほは、ちょうどその「雄時」。人生で華のときなのです。人間の一生には必ずそういうときが一度はあります。その人のところに、いいことがワーッと集まってくるときが。

本当は、そんな潮目があるうちに、2冊目の本も出したほうがいいんですけどね。

'17年の暮れに初めて書いた本、『おちゃめに100歳! 寂聴さん』が、この本の売れない時代に18万部を超えるベストセラーになったでしょう。ですから、いろいろな出版社の編集者たちがまなほに、「早く小説を書け」「次の随筆を書け」と、言ってくれているんですけど、まなほとしては、最初の1冊目の実績と編集者の大きな期待がプレッシャーになって、なかなか筆がすすまないようです。

まなほは私にはちっとも弱音を吐かないけれども、彼女が苦しんでいるのが手に取るようにわかります。

これから彼女が随筆や小説に挑戦していくのに何が必要かと言えば、それは物をよく見ることでしょうね。

そして、本もよく読まなければいけないのですけど、あの人は全く読んでない（笑）。本人は読むようになったと言っていますけれど、まだまだ足りません。

「物を見る目」は寂庵へ来て随分備わりましたから、もうちょっと本を読んだほうがいいですね。

私の秘書の生活をしていたら時間的に余裕もないかもしれませんし、じっと本と向かい合うより、まだまだ外へ出かけたい年ごろですからね。でも、体が2つ欲しいくらい忙しいときこそ、さまざまなことが身につくのです。

ショルダーバッグに読みたい本とメモ用紙を入れて、いつも持ち歩く。

待ち時間や乗り物で移動するとき、1ページでも2ページでも読む。

日記の代わりにちょこちょこ手紙を書く。

彼女のメモ書きくらいの短い手紙でも、長い手紙であっても、その行間には新鮮な感受性と才能がちりばめられていて、読んでいるうちに涙が出てくるくらい、私を感動させてくれました。

日記代わりの手紙は、随筆の原点ではないでしょうか。それを続けていけば、彼女は必ずものを書いて生きていける。私はそう思っています。

忙しくて遺言を書く暇がありません(笑)

「周りが迷惑するから、早く遺言を書いてください」、会計士の先生と顔を合わせるたびに、そうせっつかれているんですけど、いざ遺言を書こうとすると次々と事件が起こるから、全然書く暇がない。結局、書けないいんじゃないかしら。

「もう、好きなようにしてぇ」なんて言いながら、無責任に死ぬんじゃない(笑)。

まあ、遺言は書けませんから、私が「その日」にまなほに何かメッセージを送るとしたら、「早く子供を産みなさい」ですね。

寂庵に来たころから、彼女は「子供が好き。なるべく多く子供が欲しい」と言っていました。初めは5人なんて言っていたのが、このごろは3人ぐらいに減ったけど（笑）。

子供を産むのなら若いほどお産が楽です。本当に欲しいのなら、結婚なんかしなくていい、シングルマザーでもいいと思うのですけど、「1人で育てる自信がない」と言う。

私の夢は、イケメンの青年たちに両手をとられてまなほの結婚式に出ることだったのですけれど、どうなることやら（笑）。

もう一つの夢は、私らしくかっこよく死ぬこと。

私の何よりの楽しみは小説を書くことです。書斎の机に400字詰め原稿用紙を広げて、使い慣れた万年筆を右手に持って、好きな小説を書いているときにお迎えが来る。そのままコトンと原稿用紙に突っ伏して、私は浄土へ行く……。

そんな「その日」が来るといいと思っています。

突っ伏した私の姿を見つけるのは、まなほなのか、それとも誰か別のスタッフなのか。

きっと、まなほは「私がいちばん最初に見つけます！」と、言ってくれるでしょうけれど、こればっかりはどうにもなりませんね（笑）。

（寂庵にて・談）

瀬尾まなほ（せお・まなほ）
1988年、兵庫県生まれ。京都外国語大学英米語学科卒業。卒業と同時に寂庵に就職。2013年3月、長年勤めていた先輩スタッフたちが退職したことから、瀬戸内寂聴の秘書として奮闘の日々が始まる。
2017年6月より「まなほの寂庵日記」（共同通信社）連載スタート。15社以上の地方紙にて掲載されている。同年11月に出版したエッセイ『おちゃめに100歳！　寂聴さん』（光文社）がベストセラーになる。
困難を抱えた若い女性や少女たちを支援する「若草プロジェクト」の理事も務めている。

瀬戸内寂聴（せとうち・じゃくちょう）
1922年、徳島県生まれ。東京女子大学卒業。
1956年「女子大生・曲愛玲」で新潮同人雑誌賞。1961年『田村俊子』で田村俊子賞、1963年『夏の終り』で女流文学賞を受賞。1973年に平泉中尊寺で得度、法名寂聴となる。1992年『花に問え』で谷崎潤一郎賞、1996年『白道』で芸術選奨文部大臣賞、2011年『風景』で泉鏡花文学賞を受賞。1998年『源氏物語』現代語訳を完訳。2006年、文化勲章受章。2018年『ひとり』で星野立子賞を受賞。
近著に小説『いのち』（講談社）、名言集『愛することば　あなたへ』（光文社）など。

命《いのち》の限《かぎ》り、笑《わら》って生《い》きたい

2018年11月20日　初版第1刷発行
2022年1月20日　第3刷発行

著　者　瀬戸内《せとうち》　寂聴《じゃくちょう》
　　　　瀬尾《せお》　まなほ

発行者　内野　成礼

発行所　株式会社　光文社
〒112-8011
東京都文京区音羽1-16-6
電話　編集部　03-5395-8240
　　　書籍販売部　03-5395-8112
　　　業務部　03-5395-8125
URL　光文社　https://www.kobunsha.com

印刷・製本　大日本印刷

定価はカバーに表示してあります。落丁本・乱丁本は業務部へご連絡くだされば、お取り替えいたします。

ISBN978-4-334-95058-3　©J. Setouchi　M. Seo 2018 Printed in Japan